14살, 생각천재가 된 샛별

인공지능 시대
창의성 비밀코드

이서정 · 이동조 지음

한결하늘

판타지 소설로 떠나는 10대들의 창의성 여행!

이야기는 제우스가 하늘의 창조 공식을 인간들에게 알려주기 위해 프로메테우스의 딸 '크레아티오'(Creatio, 라틴어로 창조를 뜻함)를 이 세상에 보내면서 시작됩니다.

크레아티오는 중학생 샛별을 찾아와 이상한 비밀노트를 줍니다.

샛별은 크레아티오와 판타지스런 만남을 통해 창조의 원리를 배우며 가정과 학교에서 부딪치는 10대들의 다양한 문제들을 창의적으로 해결해 나갑니다.

가족들의 도움, 친구와의 오해 그리고 협력과정, 아이디어 발상, 공모전 전략, 자기소개서 작성법, 스티브 잡스의 아이폰과 첸의 유튜브 탄생 비밀, 위대한 기업의 창조 노하우, 대기업의 창의성 면접 퀴즈, 프랙탈 기하학 원리, 소크라테스에서 데카르트까지 철학자들의 생각, 미래의 꿈과 행복 등에 대해 탐구하게 되고 방학동안 주어진 다양한 미션을 수행하는 과정에서 샛별은 결국 창의성의 진정한 비밀을 깨닫게 됩니다.

샛별도 크레아티오를 만나기 전 '창의성'에 대해 별로 아는 것이 없었답니다. 하지만 아기가 이 세상에 태어나는 과정에 진짜 창의성의 비밀이 숨어있다는 걸 알게 되지요. 하늘의 전령 테아트룸은 샛별의 꿈에 나타나 다음과 같이 질문합니다.

"이 세상에 가장 위대한 창조는 무엇일까요?"

답은 바로 우리 자신이었지요. 사실 '나'의 창조는 확률적으로 무려 500억분의 1이라고 합니다. 거의 '불가능'에 가깝지요. 위대하고 소중한 아기 창조는 과연 이 우주에 어떤 과정을 거쳐 창조되었는지 한 번이라도 깊이 생각 해 본 적이 있나요?

물론 우리는 학교에서 이미 배워 잘 알고 있답니다. 아기가 창조되기 위해선 먼저 아기주머니인 '자궁'이 필요합니다. 그 주머니 안에 엄마의 유전자를 담은 '난자'와 아빠의 유전자를 담은 '정자'가 서로 만납니다. 두근두근 둘의 만남은 하나로 '착상'되는 거지요.

그렇게 새롭게 튼 생명의 새싹은 엄마의 뱃속에서 열 달을 거치며 쑥쑥 '성장'하고 드디어 이 세상에 탄생합니다. 모든 아기는 반드시 '자궁 → 난자 + 정자 → 착상 → 성장 → 창조'의 과정을 거쳐야 합니다.

아무것도 없는 '무'와 '유' 사이에 긴 다리가 놓여 있지요. 그건 바로 '생각주머니 → 서로 다른 둘의 두근두근 만남 → 새싹 → 쑥쑥

→ 창조'라는 과정과 절차입니다. 뭔가 세상에 만들어졌다면 이런 '사건'이 벌어진 것이지요.

보통 사람들은 눈에 보이는 '결과'만 봅니다. 그러나 실제로는 보이지 않는 과정이 있습니다. 즉 결과만 보는 것이 아니라 기승전결의 '사건'으로 보는 생각의 습관을 가지면 누구나 엄청난 사고력을 키울 수 있다는 의미입니다.

그런데 오랫동안 공모전 전문가와 기자로 활동하며 공모전 수천 편의 수상작을 분석하고 수상자들과 인터뷰를 하다 보니 신기하고 놀라운 사실을 하나 더 발견하게 되었답니다. 수상작들의 창조과정 역시 아기가 세상에 태어나는 과정과 거의 똑같다는 점이었습니다.

기발한 아이디어도, 제안서도, 신기한 광고도, 톡톡 튀는 영상도, 좋은 에세이 글도, 심플한 디자인도, 선택받는 자기소개서도, 유용한 창업 아이디어나 기업의 혁신전략 기획서도 모두 마찬가지였습니다.

그 뿐이 아니었습니다. 가만히 생각해 보니 아기가 태어나는 것처럼 연인도, 부부도, 가족도, 학교도, 이웃도, 사회도 탄생했습니다. 세상을 놀라게 한 스티브 잡스의 '아이폰'이나 스티브 첸의 2조짜리 '유튜브'는 물론, 경제학이나 민주주의 같은 학문체계나 제도의 창조 역시 아기가 태어나는 과정과 똑같은 방식이었습니다.

더 신기한 건 그 패턴으로 '프랙탈(fractal) 기하학' 원리 같은 복잡한 자연현상이나 철학적 사고, 과학적 원리를 분석해 보니 감춰져 있던 온 세상의 비밀이 막 풀리는 것이었습니다.

순간 무릎을 '탁' 쳤습니다. 창의성을 갖는 게 그리 어렵지 않겠다는 생각 때문이었습니다. 그저 아기가 세상에 창조되는 패턴만 머릿속에 기억해 두면 되는 거였습니다.

"아기가 태어나는 이 창조패턴을 공식처럼 적용하면 누구나 단숨에 창의적인 사고를 할 수 있지 않을까?" 그 질문을 안고 지난 16년간 수천 번이 넘는 아이디어발상 강연과 창의캠프를 진행하며 사람들에게 이 '생각 패턴공식의 비밀'을 알려주었습니다.

결과는 놀라웠습니다. 이 공식으로 생각하는 사람들은 너무나 쉽게 창조적인 아이디어들을 쏟아냈습니다. 너무 쉽고 간단하게 '생각천재'가 되는 것입니다. 그 이유는 바로 아기 창조의 패턴공식으로 사고하면 누구나 쉽게 핵심파악력, 통합분석력과 문제발견력, 예측력, 문제해결력, 아이디어의 구조화설계 및 표현능력 등 창의성의 모든 사고력을 '자동으로' 발휘할 수 있기 때문입니다.

"이 놀라운 생각공식을 청소년들의 머릿속에 재미있게 넣어 줄 수만 있다면 얼마나 좋을까?"

이 공식에 대입해 보았습니다. 그랬더니 창의성 연구가인 아빠의 강연을 초등학교 때부터 판타지 소설을 써 온 중학교 2학년 딸이 판타지 소설로 스토리텔링 해 보자는 아이디어 싹이 나왔고 꿈은 쑥쑥 자라 현실이 되었습니다. 바로 이 책이 창조될 수 있었던 것입니다.

이 책은 우리가 그동안 알고 있던 '다르게 생각하기', '고정관념을 깨기', '뒤집어 생각하기'같은 뻔한 '창의성'에 대한 이야기가 아닙니다. 간단한 생각공식 하나에 창의성의 진정한 비밀과 온 우주의 원리가 모두 담겨있다는 놀라운 사실에 대한 생각탐험 이야기입니다. 이제 그 패턴공식을 찾아가는 흥미로운 생각여행을 떠나려 합니다.

부디 우리나라 모든 어린이들과 청소년들이 이 판타지 소설을 통해 단숨에 사고력을 100배 이상 키워줄 진정한 창의성의 비밀을 터득할 수 있길 희망합니다. 그리고 언젠가 이 책이 대한민국 초·중·고와 대학, 기업, 인류의 '생각 교과서'로 재탄생할 수 있길 소망해 봅니다.

끝으로 이 책이 나올 수 있게 애써주신 1인1책 김준호 대표님, 남한산성 임혜진 대표님, 토론교육전문가 유동걸 선생님, 한결하늘 출판사 유덕열 대표님, 좋은 아이디어로 영감을 주시는 국내 최고 베스트셀러 동화작가 고정욱 박사님과 늘 곁에서 응원해주는 가족에게 깊은 감사의 말을 전합니다.

저자 이서정, 이동조

 프롤로그

프로메테우스의 교훈

"너무 힘에 부치는군."

태산같이 큰 신전 안 가장 높은 곳에 있는 황금의자에 앉아 하늘의 신 제우스가 중얼거렸다. 세상을 관리하는 게 점점 힘들어졌다. 일이 자꾸 늘수록 몸은 지칠 대로 지쳐갔다.

매일 20만 명 이상의 새로운 생명을 세상에 내보내야 했다. 변화무쌍한 인간들의 희로애락을 조율하는 것도 만만치 않은 일. 비, 눈, 안개, 번개를 수시로 만들어야 하고, 화산이나 지진은 세심하게 체크해야 했다.

어디 그뿐이랴? 갖가지 사건 사고를 관리하기도 버거운데, 하루같이 새로운 발명품과 벤처기업을 쏟아내야 하니 그야말로 눈코 뜰 새 없이 바빴다.

새싹과 꽃과 열매, 나비와 벌 등은 서로 긴밀하게 연결돼 있어

한 순간이라도 방심하면 지구도, 그 속의 인간도 순식간에 소멸할
지도 몰랐다.

'아!'

다시 한 번 깊은 탄식을 쏟아냈다. 제우스는 사실 지쳤다기보다
는 일이 지겨워진 것일지도 몰랐다.

"이만큼 했으면 할 만큼 한 거지."

제우스는 하얀 턱수염을 매만졌다.

"방법은 딱 하나뿐인데……."

제우스는 그 날을 떠올렸다. 불을 훔쳐 인간에게 준 프로메테우
스의 심판이 있던 바로 그날.

"너를 카프카스 바위에 묶어, 영원히 독수리에게 간을 쪼아 먹
히는 형벌을 내리겠노라!"

그때 내뱉은 이 말이 매일 부메랑처럼 돌아와 이제 제우스 자신
의 심장에 꽂히는 것 같았다.

태초부터 지금까지 세상의 창조는 하늘이 기획했다. 신이 무대
를 설계하면 인간은 땀을 흘려 하늘의 설계대로 세상의 모습을 완
성했다. 그러니까 신은 설계자요, 인간은 시공자인 셈이다. 만약
신이 가진 설계의 공식을 인간에게 나눠줄 수만 있다면? 제우스의
머릿속엔 온통 그 생각뿐이었다.

'하지만 과연 인간들이 눈에 보이지 않는 창의의 세계를 이해할
수 있을까?'

제우스는 때로는 고개를 끄덕였고 이따금 가로 젓기도 했다.

날이 좋은 어느 날 제우스는 결심했다.

"프로메테우스의 외동 딸 크레아티오를 불러들여라."

얼마 뒤 크레아티오는 바람을 타고 붉은 카펫이 깔려있는 신전으로 날아왔다.

하얀 날개를 접은 크레아티오는 제우스 앞에 고개를 깊이 숙였다. 제우스는 곧바로 노트 한 권을 내밀었다.

"보거라."

크레아티오는 제우스가 내민 노트를 받아들고 호기심 가득한 눈으로 쳐다보았다. 빈 공책이었다. 단지 표지에 무슨 암호문 같은 알파벳 기호만 선명하게 찍혀 있을 뿐이었다.

"무슨 표시인가요?"

"세상이 창조되는 원리이다."

크레아티오의 눈이 커졌다.

"왜 이걸 저에게 주십니까?"

"네가 창조에 대한 원리를 인간 세상에 전해주어야겠다."

크레아티오는 고개를 들어 제우스의 눈을 똑바로 바라보았다.

"왜 이걸 인간 세상에 전하려 하십니까?"

크레아티오가 다시 묻자 제우스가 답했다.

"그 옛날 너의 아버지인 프로메테우스는 자신이 사랑했던 인간들에게 하늘의 불을 훔쳐 나눠주었지."

크레아티오의 눈동자가 심하게 떨렸다. 수천 년을 억눌러왔던 아린 기억과 상처가 불쑥 고개를 내밀었기 때문이었다.

제우스는 잠시 생각에 잠겼다가 말을 이었다.

"난 너의 아버지 프로메테우스에게서 한 가지 영감을 받았지. 비록 그가 하늘의 법을 어겨 지금까지 무서운 형벌을 받고 있지만 난 가끔 그가 옳은 선택을 한 것이 아닐까 생각한단다."

크레아티오는 머리를 들어 제우스의 눈을 바라보았다. 제우스의 눈은 따뜻함과 측은함이 동시에 배어있었다.

"내가 이 세상을 지금껏 창조해 왔다. 하지만, 이제는 인간들이 스스로 자신들의 운명을 결정하고 세상을 창조할 때가 되었어."

그제야 제우스의 심중을 알아차렸다. 그러나 크레아티오는 여전히 궁금한 것이 남아있었다.

"그런데 왜 하필 저입니까?"

"너는 너의 아버지 프로메테우스를 닮아 인간을 사랑하는 마음이 있지. 또 하나, 네가 나의 사명을 완수하면 그 공으로 하늘의 재판을 다시 열고 아버지의 형벌을 면하게 해줄 계획이야."

순간, 크레아티오의 입에서 작은 탄식이 흘러 나왔다. 가슴 깊숙이 숨어있던 커다란 불덩어리가 머리 꼭대기에서 빠져나오는 기분이었다.

아버지를 고통에서 해방시킬 수 있는, 수만 년 만에 찾아 온 이 특별한 기회.

"이것은 너의 운명, 그리고 너에게 찾아 온 기회. 인간을 사랑하는 프로메테우스의 딸 크레아티오여, 하늘의 사명을 완수하면 넌 창조의 여신이 되어 땅의 인간들과 함께 세상의 모든 창조를 관장하게 될 것이다."

제우스는 크레아티오에게 한 달의 준비기간을 주었다.

"오늘부터 인간 세상에 전할 하늘의 창의를 그 노트에 채워라. 그리고 무지개가 뜨는 날 인간세상으로 떠나거라. 너를 도와줄 아이를 찾기 위해 인간 세상에 미리 꿈의 전령사를 보내두었다."

크레아티오는 고개 숙여 인사한 후 물러났다.

그 후 크레아티오는 한 달 동안 하늘의 신전 앞에 있는 아폴론 도서관에 틀어박혀 열심히 공부했다. 하늘의 창의원리를 노트에 꼼꼼히 정리했고 틈틈이 인간 세상에 대한 모든 책들을 거의 다 읽었다.

시간은 쏜살같이 흘렀다.

어느 날 크레아티오는 문득 이런 생각이 들었다.

"하늘의 관점으로 창조의 공식을 이해할 수 있는 아이가 인간세상에 과연 있을까?"

고민 끝에 노트 마지막 한 페이지는 여백으로 남겨 두었다.

노트를 완성한 그날은 아침 일찍부터 인간 세상에 비가 내렸고 점심때쯤 커다란 무지개가 하늘에 걸렸다. 크레아티오는 작은 요정이 되어 무지개를 타고 세상으로 내려왔다.

목 차

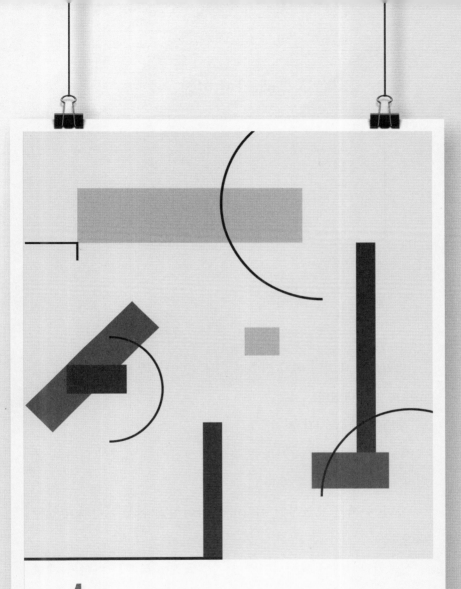

1장
창조의 공식을 세상에 알려라!

세 가지 미션

새벽부터 내리던 비가 멈췄다. 빗물은 여전히 교실 창문을 타고 쪼르르 흘러내렸다.

"샛별아, 오늘 시간 있어?"

책상에 엎어진 채로 가방을 챙기는 샛별에게 민진이 다가와 물었다. 샛별은 죽을상을 했다.

"아니, 아빠가 오늘부터 시작하는 창의성 교실을 신청해 놓았지 뭐야."

신문기자이면서 아이디어발상 기법을 연구하시는 아빠가 체험 수업으로 창의성 교실이 열린다는 학교 공지를 보고 맘대로 신청한 것이었다.

"지각대장, 첫 수업이니 늦지 말고!"

아빠의 말이 다시 귓전을 때렸다. 아빠는 친구처럼 늘 편했다. '공주님, 공주님'하면서 샛별을 최고로 좋아해 주신다. 하지만 아이디어, 창의, 토론 등 평소에 관심이 있는 분야가 나오면 아빠는 다른 사람으로 돌변한다. 말도 많아지고 설명도 길어지는 '설명충'이 된다. 이번에도 방학특별 수업 안내장에 '창의교실' 프로그램을 보고 막무가내로 신청해 버린 것이다.

샛별의 표정이 한층 일그러졌다. 자신이 원하지 않았던 창의체험 교실에 가야하는 처지가 슬펐다.

"오늘 방학식인데?"

민진이 샛별의 상황을 이해할 수 없다는 표정을 지었다.

"그러게 말이야. 아, 방학식 날에는 아주 신나게 놀아줘야 제 맛인데……."

민진은 샛별이 불쌍하다는 듯 쳐다보았다.

"그럼, 나중에 내가 전화할게. 시간 잡아서 오늘 것까지 몰아서 놀아보자고."

"정말이지?"

샛별이 오케이 사인 손가락을 흔들었다.

드르륵~

그 때 교실 문이 열리는 소리가 들리더니 담임선생님께서 들어오셨다. 짝꿍 민진을 포함한 반 아이들이 요란한 소리를 내며 제자리로 돌아가 반듯하게 앉았다.

방학식 종례는 선생님의 간단한 안내로 금세 끝났다.

"그럼 청소부원들은 남아 깨끗하게 정리하고, 의자 올려. 모두 모두 방학동안 건강하게 잘 지내고."

"와~"

아이들은 모두 즐거운 기색이었다. 반 아이들이 핸드폰과 우산을 챙겨 우르르 교실을 나섰다. 샛별도 그들을 따라 가방을 맸다.

창의성 수업을 하는 교실은 본관과 100미터 정도 떨어져 있는 별관 1층 세미나실. 누군가에게 억지로 끌려가듯 샛별은 느릿느릿 걸었다. 시간을 확인해 보니 거의 수업시작 직전이었다. 교실에 들어서니 수업을 듣는 학생은 대략 스무 명쯤.

샛별은 학생들을 휙 둘러보다 순간 미간을 갑자기 확 좁혔다.

"왜 쟤까지 있어……. 재수가 없으려니."

짜증이 확 밀려왔다.

아, 방학식 날까지 특별 수업을 들어야 한다는 것도 싫은데!

저기 보이는 건 분명 옆 반의 정아였다. 웬만해서는 사람을 싫어하지 않는 샛별도 학교에서 별로 부딪치고 싶지 않은 친구.

초등학교때 같은 반이 되어 짝도 여러 번 하며 꽤 친했지만, 6학년 때 한 번 크게 싸운 후 어느 순간부터 사이가 완전히 틀어졌다. 그 때 '별명사건'이 계기였다.

정아가 좀 굼뜬 구석이 있는 샛별에게 '굼벵이녀, 굼벵이녀' 하며 친구들 앞에서 며칠 동안 내내 놀린 적이 있었다. 정말 창피했다.

처음엔 당연히 발끈했다. '굼벵이녀'란 별명을 두고 말다툼도 계속되고 '내가 왜 굼벵이녀냐?'며 따져 묻기도 했다. 샛별은 갑자기 돌변한 정아를 도저히 이해할 수 없었다. 그 후 정아와 아예 말도 안하다가 같은 중학교에 오게 됐다.

"오, 우리 굼벵이도 이 수업 듣니?"

정아가 먼저 아는 체 했다. 그 굼벵이 타령은 여전했다. 샛별은 실제로 빠릿빠릿하지 못했다. 한 가지 행동을 할 때도 이리 생각하고 저리 생각하는 습관 때문이었다. 몸도 통통한데다 원래 굼뜬 편이라 남들이 보면 굼벵이 같다는 생각을 할 수도 있을 것이다. 그래도 그놈의 굼벵이 소리는 여전히 듣기 싫었다. 하지만 이번에도 별로 대꾸하고 싶지 않았다. 샛별은 그냥 자리에 앉았다. 그때 앞문으로 창의교실 담당 강사님이 들어오셨다.

순간. 샛별은 아빠가 막무가내로 참가신청에 사인했다는 짜증도, 학교에서 제일 싫어하는 애랑 함께 이 수업을 들어야 한다는 신경질도 싹 사라졌다.

심쿵. 그야말로 잘생긴, 멋있는, 머릿속에서나 그리던 창의교실 강사 선생님이 교탁 앞에서 환한 미소를 짓고 있는 게 아닌가! 마치 연예인처럼 머리에 광채가 났다. 샛별은 가슴이 콩닥 뛰었다.

"오늘부터 방학 동안 네 차례 창의교실을 진행하게 된 강사 김우빈입니다."

강사님은 칠판에 이름을 크게 썼다. 샛별은 고개를 끄덕였다. 멋있는 강사님은 이름도 멋졌다. 강사님은 발명의 원리를 연구하고 교육하는 트리즈연구소의 소장이라고 하셨다. 우리나라 최고 대기업에서 연구원으로 일하다 나온 후 연구소를 만들고 많은 사람들에게 발명과 아이디어의 원리를 알려주고 있다는 것이다.

강사님은 창의수업 오리엔테이션을 통해 '보이지 않는 걸 통찰하는 능력', '새로운 것을 만드는 아이디어', '협동하는 창작' 등에 대한 다양한 이야기를 들려주셨다.

사실 그 주제들에 대해 하나하나 자세히 설명해 주셨지만 그 보다 더 강사님에게 관심이 갔다. 샛별은 강사님의 얼굴을 빤히 보며 마냥 싱글벙글 웃고만 있었다.

수업 끝에 강사님이 앞으로 수업시간마다 한 가지씩 진행할 3가지 창의교실 미션을 칠판에 적으셨다.

① 세상에서 가장 큰 뱀 이야기!
② 기존과 다른 시계를 만들어라!
③ 친구들과 팀을 구성해 학교에서 개최하는 홍보영상 콘테스트에 출품하라!

강사님은 미션을 모두 마친 후엔 창의교실 최우수 학생을 선정해 '크리에이티브 상'을 주신다고 했다.

"다음 수업에서는 뱀에 대한 퀴즈를 낼 거예요. 제가 준비한 깜짝 선물도 있으니 여러분들의 멋진 상상력을 발휘해 보세요."

강사님 말씀이 끝나고 샛별은 다짐했다.

그래, 강사님에게 눈도장을 꽝 받겠어. 까짓 거 크리에이티브 상
도 내가 타보지 뭐. 그래서 이번에는 정아의 코도 납작하게 해 주
겠어. 이렇게 된 바에야 창의교실에서 1석2조를 하는 거야.

솔직히 말하자면 강사님에게 대박 칭찬 받아보겠다는 욕심이 좀
더 컸다. 얄미운 정아에게 본때를 보여주는 것은 덤이었다. 샛별은
미션과제를 꼼꼼히 메모했다.

강사님께서 수업 종료를 알리셨다.

"잘 가렴."

이상한 만남!

교문 밖을 나선 후 샛별은 무심코 하늘을 바라봤다.

무지개가 하늘에 선명하게 떠 있었다.

"헉, 저거 무지개 아냐? 정말 아주 큰 무지개네."

14년 인생을 살면서 이렇게 커다랗고 선명한 무지개는 난생 처음이었다.

샛별은 홀린 듯 핸드폰 카메라를 실행시켜 무지개를 찍었다. 찰칵! 그 때였다.

"언니."

등 뒤에서 낯선 목소리가 들렸다.

샛별은 몸을 돌려 돌아보았다.

뒤엔 금발머리에 푸른 눈동자의 예쁜 여자아이가 서 있었다. 한 초등학교 3학년쯤 돼 보이는 앳된 어린 아이였다.

"어, 나?"

샛별은 다시 한 번 물었다.

"네, 언니요."

샛별이 어색한 얼굴을 했다. 내가 아는 애인가? 아무리 봐도 처음 보는데.

"나한테 무슨 볼 일이라도 있니?"

"네, 언니한테 줄 게 있어서요."

"……나한테?"

소녀가 샛별에게 노트를 내밀었다.

"이거."

"소설이야?" 샛별이 물었다. 4년이 넘게 인터넷에 판타지 소설을 써 온 작가 지망생인 샛별에게, 친구들이나 친구 동생들이 자신의 습작을 봐달라며 부탁한 적이 몇 번 있었기 때문이었다.

"정말 열심히 쓴 거예요."

"아, 그래?"

아무래도 친구 동생인 모양이었다.

"꼭 읽어줘야 해요!"

샛별에게 귀엽게 깜박 웃어준 아이는 금방 저 멀리 뛰어갔다.

샛별은 얼떨결에 받은 노트를 살펴보았다. 표지에는 웬 수학공식 같은 알파벳 기호가 아주 선명하게 박혀 있었다.

$$Xy^n=ab$$

이게 뭐지? 샛별로서는 난생 처음 보는 낯선 기호였다. 소설 습작이 아니고 수학 노트인가? 혹시 수학필기 노트라면 진짜 곤란한데. 이과와는 아주 담을 쌓은 샛별은 수학 생각만 해도 머리가 금세 지끈거릴 지경이었다. 샛별은 노트 한 장을 더 넘겨보았다. 다음과 같은 글이 적혀 있었다.

창조는 '쿨'한 공식이다!

뭐야, 이게? 샛별은 황당한 얼굴이 되었다. 그래도 다행이었다. 일단 수학 노트 필기는 아닌 것 같았다. 다음 장도 넘겨보니 이런 질문이 있었다.

세상에서 가장 위대한 창조는 무엇일까?

샛별은 질문을 다시 한 번 또박또박 읽어보았다. 그러니까 이 질문은 세상에서 가장 위대한 창조가 뭐냐 하는 것이었다. 샛별은 본능적으로 기억을 더듬었다. 순간 오래 전에 책에서 본 내용이 떠올랐다.

'인간의 위대한 발명은 불, 화폐, 그리고 바퀴, 컴퓨터⋯⋯.'

뭐 쉽구먼.

그렇게 생각한 샛별은 다시 다음 장을 넘겼다. 뒷장에는 이렇게
적혀있었다.

'너' 자신.

나라고? 샛별은 답이 예상과 달라 살짝 당황했다. 답 아래에 적
힌 글을 천천히 읽어나갔다.

태어난 아기를 아무리 관찰해도
거기엔 창조에 대한 답이 없다.
오직 세상에 없던 아기가 세상에 창조되는
그 사이의 과정에 모든 비밀의 답이 숨어있다.

이게 뭐야? 도무지 알아먹을 수 없는 문장이었다. 샛별에겐 마
치 영화 속에서나 나오는 어려운 암호문 같았다. 샛별은 좌르륵~
책 뒷장까지 한 번에 넘기며 전체 내용을 죽 훑어보았다. 분명 수
학노트는 아니었다. 그렇다고 소설 습작은 더더욱 아니었다.

모든 페이지들은 글로 채워져 있었지만 오직 맨 마지막 단 한
페이지만이 새하얀 백지로 비워져 있었다. 샛별은 노트를 탁 하고
덮으며 고개를 힘껏 가로저었다.

에잇, 모르겠다.

그녀는 가방에 노트를 던지듯 집어넣고 질퍽한 물 고인 웅덩이를 피해 집으로 달렸다.

아기의 창조

　창문 너머로 작은 아기들이 보였다. 천에 돌돌 말려 바구니 속에서 잠자고 있는 조그마한 생명들. 저녁에 이모가 예정보다 일주일 일찍 아기를 낳았다는 연락을 받고 엄마와 급하게 산부인과 병원에 갔었다.

　다행히 산모도 아기도 건강하다고 했다.

　태어난 지 몇 시간도 안 된 갓난아기를 샛별은 난생 처음 봤다. 이모는 하얀 보자기에 싼 아기를 안고 있었다. 아기의 피부는 쪼글쪼글했지만 머리카락도 몇 가닥 보였고 눈코입도 있었다. 아기들은 두 손에 담을 수 있을 만큼 작았다. 아기는 솔직히 꽃처럼 아주 예쁘지는 않았다. 하지만 살짝 표정을 지을 때, 빛나는 유리구슬 같다는 생각이 들었다. 샛별은 문득 아기를 한 번 만져 보고 싶다는 생각에 두 손을 내밀었다. 그 순간 샛별은 아기의 두 눈에서 신비로운 빛을 발견했다. 정확히는 밝은 구슬에서 뿜어져 나오는 보랏빛이었다.

"……구슬……?"

웬 구슬? 눈을 비벼 봐도 구슬은 사라지지 않았다.

구슬을 멍하니 쳐다보고 있는데 아기는 어느새 소년의 모습으로 변해 있었다.

"내가 보이십니까?"

대뜸 소년은 이렇게 말했다. 샛별은 답했다.

"보입니다."

"무엇으로 보입니까?"

"아기였다가 구슬이었다가 소년이었다가……."

"보이는 대로 보지 않는군요?"

"눈에 보이는 게 전부는 아니니까요."

소년의 질문에 이끌리듯 샛별은 자신도 모르게 그렇게 말했다. 그건 어쩌면 샛별이 가진 내면의 소리였다.

소년은 한걸음 앞으로 샛별에게 다가왔다.

"바로 당신이군요."

"저라고요?"

"네. 당신이 맞습니다. 혹시 제가 갑자기 말을 걸어서 놀라셨나요?"

"아니요."

사실 좀 놀랐지만 샛별은 별 상관없었다.

"갓 태어난 아기를 보셨군요?"

소년은 웃으며 질문했다.

"네……조금 전 이모의 아기가 태어났거든요."

소년이 맑은 눈을 한 번 깜빡인 후 이렇게 샛별에게 물었다.

"아기는 이 세상에 어떻게 창조되었을까요?"

"……."

샛별은 어떻게 대답하는 게 좋을지 몰라 잠시 망설였다.

소년이 샛별의 고민을 알아차린 듯 자신의 질문에 스스로 답했다.

"먼저 아기주머니인 자궁 속에 아빠 유전자와 엄마 유전자가 만나 두근두근 착상이 되고 열 달을 성장해 이 세상에 태어나지요."

아기 탄생의 과정이었다. 사실 샛별은 이미 가정시간에 배워 잘 알고 있었다. 하지만 무언가 신비한 능력에 사로잡혀 완전히 새로 알게 된 듯 기묘한 느낌이 들었다. 왜인지는 몰랐다. 그때 갑자기 꼬마소녀가 준 그 노트가 떠올랐다.

'아기가 태어나는 과정'에
세상만사 모든 창조의 비밀이 숨어있다.

"아기가 태어나는 과정에, 창조의 비밀이, 숨어있다?"

샛별은 자신도 모르게 그렇게 중얼거리고 있었다. 틀림없이 그 여자아이가 준 그 노트에서 본 적이 있는 문장이었다. 소년은 반짝이는 눈으로 샛별을 빤히 보더니 고개를 끄덕였다. 소년은 샛별의 생각을 읽고 있는 듯 했다.

"온 세상의 비밀은 아기가 태어나는 과정에서 찾을 수 있답니다."

"온 세상의 비밀?"

"네."

샛별은 다시 몽롱한 기분이 들었다.

"내가 다니는 학교도 그런가요?"

샛별은 물었다.

"네, 아기는 자궁이란 주머니에 아빠 유전자와 엄마 유전자가 두근두근 만나 착상되었고, 학교는 교실이란 주머니에 가르치는 사람과 배우는 사람이 만나 두근두근 착상된 곳이니까요!"

"이 스마트 폰도요?"

샛별은 스마트 폰을 소년에게 내보였다.

"스마트한 기기 주머니 속에 핸드폰과 인터넷과 터치스크린 기술이 두근두근 만나 착상된 것이지요!"

소년의 답은 단호하면서도 진지했다.

샛별의 머릿속에는 이미 많은 단어들이 차례를 기다리고 있었다.

"그렇다면 자동차는요?"

"네, 엔진 주머니에 기름과 발화점의 두근두근 만남과 폭발이란 착상으로 창조됩니다."

"세상 모두 같은 원리라고요?"

"세상만물, 세상만사 전부!"

샛별이 무슨 단어를 내뱉든 소년은 모조리 풀이할 태세였다. 샛별은 어려운 수학문제를 만난 듯 생각이 딱 멈췄다.

샛별은 소년이 금색 머리카락은 아니었지만, 생텍쥐페리의 어린 왕자를 직접 만나면 아마 이런 모습일 것 같다는 생각을 했다.

"당신은 누구인가요?"

샛별은 그제야 생각난 듯 물었다.

소년은 빙긋 웃었다.

"내 이름은 테아트룸. 하늘의 제우스가 보낸 꿈의 전령사."

샛별이 테아트룸을 자세히 바라보았다. 난생 처음 만나는 신비로운, 그러면서 정말 세상에선 볼 수 없는 이상한 괴짜소년이었다.

"당신에게 곧 운명적인 만남이 찾아올 거예요."

테아트룸은 그렇게 말을 하고나서 갑자기 손뼉을 짝 쳤다.

샛별은 그 소리가 마치 천둥치듯 꽈꽝! 귓전을 때리는 것 같았다. 엄청나게 큰 소리에 깜짝 놀라며 샛별은 번쩍하고 눈을 떴다. 순간 샛별 눈앞에는 책상 아래 컴퓨터 모니터의 파워 불빛이 파랗게 반짝 반짝 빛나고 있었다.

어 뭐야, 이거 꿈인가?

샛별은 비몽사몽간이었지만, 꿈은 진짜처럼 정말 생생했다.

크레아티오의 사명

샛별은 열네 살, 중학교 2학년이다. 판타지 소설을 읽다가 직접 써 봐야지 하면서 쓰기 시작한 건 초등학교 4학년 때 부터. 그러니까 소설을 쓴 지 벌써 4년이 훌쩍 넘어가고 있었다. 지금까지 인터넷에서 20편도 넘는 판타지 소설을 연재해 왔다.

사실 그동안 현실과 상상을 넘나들며 '보이는 세계'와 '보이지 않는 세계'를 연결시켜 이야기를 창작해 온 샛별에게 '공상'이란 단어는 너무나 익숙했다.

꿈인지 생시인지 분간도 안 되네!

이모의 아기를 보고 온 후 깜빡 잠이 들었던 모양이었다. 샛별이 몸을 일으켰다. 스마트 폰으로 시간을 확인하자 밤 12시가 가까워 오고 있었다. 다시 잠이 들지 않아 배 위에 올려놓고 잠들었던 그 노트를 집어 표지의 기호를 읽어보았다.

"음, 엑스와이엔승은 에이비…."

그때 어디선가 획! 하면서 침대 위에 한 소녀가 나타났다.

금발, 초록빛 눈동자. 척 봐도 예쁘장한 얼굴. 방실방실 웃고 있는 아이. 웃고 있는 소녀의 모습이 아니었다면 샛별은 아마도 큰 비명을 질렀을 것이다.

"……?"

샛별은 놀란 가슴을 진정시키고 멍하니 아이를 바라보았다. 아, 바로 어제 봤던 그 소녀. 그러니까, 노트를 주고 홀연히 사라졌던 그 아이가 지금 이 방 안에 샛별 앞에 와 있는 것이 아닌가.

"날 부른 거 맞죠?"

"……응?"

"주문으로 절 불러놓고 시치미 떼시는 거예요?"

소녀는 노트의 표지를 손으로 가리키며 샛별을 장난스럽게 째려보았다. 샛별은 당황했다. 아직도 꿈이 계속 되고 있는 건가? 샛별은 엉겁결에 손을 움직여 제 뺨을 꼬집었다. 아팠다. 다시 생각했다. 자각몽에서도 혹시 고통도 느낄 수 있나? 그럴 리가 없지. 이게 환상인지 꿈인지 뭔지는 모르겠지만, 어쨌든 샛별은 요즘 계속 이유 모를 이상한 꿈속 판타지에 점점 더 빠져들고 있다는 생각이 들었다.

그리고 샛별은 소녀에게 붙들려 한참 동안 믿기 힘든 이야기를 들어야 했다.

소녀 자신이 누구이며 어디에서 왔고 무엇을 위해 인간 세상에 오게 되었는지 솔직하게 들려주었다.

"그러니까 지금 네가 하는 이야기를 정리해 보면?"

샛별은 소녀의 말을 차근차근 되짚어 나갔다.

"네 이름은 크레아티오, 넌 제우스의 사명을 가지고 인간 세상에 내려온 프로메테우스의 딸!"

"맞아요!"

"하늘의 창조원리를 인간에게 알리러 왔다는 거고?"

샛별의 말에 크레아티오의 눈빛이 반짝였다.

"무지개를 타고 내려올 때는 작은 요정으로, 인간 세상에선 이런 소녀의 모습을 할 수 있지요."

"요정이었다가 소녀였다가?"

"네, 그렇지요."

"오오, 내가 늘 꿈꾸어왔던 마법."

샛별의 감탄에 크레아티오는 웃으며 손을 내밀어 악수를 청했다.

샛별도 손을 내밀어 크레아티오와 악수했다.

샛별은 정말 완벽한 공상의 세계에 들어온 기분이었다. 그 신비로운 세상은 보이는 세상 그 너머에 있는 기묘한 곳이었다. 하긴 또 하나의 보이지 않는 세계를 볼 수 있어서 좋다는 생각을 샛별은 잠깐 했다.

공상은 현실과는 동떨어진 또 다른 나만의 세계. 그 세계에 대한 궁금증이 샛별이 판타지소설을 쓰는 이유이기도 했다. 크레아티오의 이야기는 정말이지 황당하기 그지없었다. 하지만 매우 신나고 왠지 흥미로운 일이 앞으로 엄청나게 많이 벌어질 것 같은 예감도 들었다.

"지금처럼 소녀의 모습인 때는 누구나 볼 수 있지만 요정처럼 작아질 수 있죠."

"와우, 완전 팅거벨이군!"

"호호……."

크레아티오의 귀여운 웃음소리를 듣던 샛별은 갑자기 궁금한 것이 생겼다.

"그런데 왜 나를 찾아온 거니?"

샛별이 진지하게 물었다.

"샛별님은 14살이잖아요. 어른과 완전히 다른 관점으로 세상을 설계할 수 있는 나이. 그리고 눈에 보이지 않는 것을 믿는 상상의 창조자이면서 많은 독서를 하며 꿈을 세상에 전파하는 이야기꾼이니까요."

뭐 틀린 말은 아니었다. 샛별도 자신이 정말 그렇다고 생각했다. 그렇다고 해도 이 황당한 상황은 쉽게 받아들이기 힘들었다.

샛별은 사실 요즘 새로 연재할 판타지 소설을 구상하는데 너무

빠져 있었다. 그러다 보니 판타지 소설 구상이 정말 현실의 판타지가 된 게 아닌가 하는 생각도 들었다. 하지만 아무래도 좋았다. 샛별에게 지금까지 세상은 현실과 판타지, 늘 두 개 세상이었으니까.

"이제 자야할 것 같아, 내일은 아침 일찍 일어나 친척 결혼식에도 가야하고."

샛별은 불을 끄고 침대 이불 속으로 들어가 누웠다. 그리고 기도하듯 생각했다. 내일 아침에 깨면 이건 전부 꿈이 되어 있을 거야. 틀림없어.

스멀스멀 졸음이 다시 밀려왔다.

예식장과 부부 이야기

아침 일찍 맞춰놓은 알람 소리가 샛별을 깨웠다. 샛별이 기지개를 펴며 일어나 눈을 떴다. 그 순간 초록색 눈동자와 정면으로 마주쳤다.

"깼어요?"

어제 그 소녀, 크레아티오가 생글생글 웃으며 인사했다. 화들짝 놀란 샛별이 어정쩡하게 고개를 끄덕였다.

어젯밤 일이 다시 순식간에 떠올랐다. 순간 머리카락이 쭈뼛 섰다. 정말 꿈이 아니었잖아. 짧은 시간 샛별은 오만가지 생각이 들었다.

그 순간 샛별은 이 팅커벨을 닮은 소녀에게서 왠지 도망칠 수 없으리란 생각이 들었다.

"오늘 결혼식장은 언제 가요? 오는 건 몇 시? 일찍 올 거죠?"

크레아티오가 속사포처럼 질문을 해댔다. 샛별은 아직 잠에서 덜 깨어 듣는 둥 마는 둥했다. 결국 샛별은 갑자기 머리가 복잡해 아무 말 없이 고개만 끄덕였다.

"최대한 빨리 올게."

크레아티오는 환하게 웃었다.

사실 샛별은 차타는 걸 그다지 좋아하지 않았다. 멀미가 심해서였다. 그래도 오랜만에 가족이 함께 뷔페에서 맛있는 음식을 실컷 먹고 오자는 엄마의 유혹에 내키지 않았지만 따라나서기로 했다.

신랑 신부의 부모님을 뵙고, 친척들에게 인사하고, 결혼식을 잠시 구경하다가 뷔페에서 밥을 먹었다. 혼자서 거의 다섯 접시는 먹어치운 것 같았다. 더 이상 먹을 수 없을 만큼 실컷 먹고 배가 부르자, 엄마와 아빠를 졸라 서둘러 집으로 다시 돌아왔다. 집에 들어서자 아빠가 샛별에게 물었다.

"샛별아, 오늘 결혼식 뷔페음식 맛있었어?"

"네. 맛있었어요. 근데 오늘 결혼한 사람은 누구였어요?"

"어이구. 이제야 그게 궁금해졌니?"

아빠가 장난스럽게 샛별의 이마에 꿀밤을 매기는 시늉을 했다.

"작은 집 삼촌 아들 결혼식."

"아빠가 말 안 해 주셨잖아요."

"알았어. 알았다고. 그놈 참. 오늘 차도 오래 탔으니 얼른 방에 들어가 일찍 자렴."

샛별이 고개를 끄덕이며 방으로 들어왔다.

"크레아티오? 아직 여기 있니?"

샛별이 표지의 알파벳을 조용히 속삭였다. 그때 휙~! 하는 바람 소리가 들렸다.

찰랑찰랑 윤기 나는 금발을 뽐내며 크레아티오가 소녀의 모습으로 침대 위에 나타났다.

"웨딩드레스 입어보고 싶은 적 없었어요?"

크레아티오는 모습을 드러내기가 무섭게 샛별에게 질문을 던졌다.

"어?"

"여자들의 로망, 웨딩드레스 말이에요."

"별로. 모든 치마는 영 불편하잖아."

"에이, 낭만이라곤 아기 얼굴의 솜털만큼도 없다니깐?"

"그럼 결혼은요?"

"독신주의자인데……."

샛별은 아주 잠깐 창의교실 강사님 옆에 예쁜 드레스를 입은 자신의 모습을 떠올려 보았다. 기분이 아주 좋았다. 하지만 딱히 아직까지 결혼해야겠다는 생각은 해 본 적이 없었다.

"저 위 하늘의 신들은 어떻게 결혼을 해?"

샛별은 검지를 펴서 천장으로 향해 올렸다.

"음. 신들의 결혼도 인간들과 비슷해요. 모든 신들이 전부 모인 신전 앞 광장에서 새하얀 웨딩드레스를 입은 여신이 남자 신을 만나 한 달간 춤을 추지요."

크레아티오는 하늘의 결혼에 대해 많은 이야기를 들려주었다. 듣고 보니 인간의 결혼식 모습은 신화를 통해 전파된 하늘의 결혼식을 흉내 낸 것이 아닐까 하는 생각이 얼핏 들었다. 새하얀 웨딩드레스는 여신이 결혼할 때 입는 옷과 비슷했다. 크레아티오는 신들 역시 멋진 결혼식을 꿈꾼다고 했다.

"그런데 그거 알아요? 부부의 탄생에도 비밀이 있다는 거."

"응? 무슨 비밀?"

"아기가 세상에 창조되듯 부부도 똑같은 패턴으로 창조 되지요."

그 말에 샛별은 갑자기 얼마 전 꿈속 소년이 떠올랐다. 세상창조의 비밀이라며 그가 들려줬던 많은 이야기. 세상만사 세상만물 모든 것은 같은 과정으로 창조된다는 말. 샛별은 다시 호기심이 커졌다.

"부부는 어떻게 창조되는데?"

샛별은 침대에 걸터앉았다.

"결혼식을 한 번 상상해 봐요. 처음에는 축하객들이 모인 결혼식장이라는 무대가 있어야 하지요. 예식장은 마치 아기가 태어나는 공간인 자궁과 같은 주머니지요. 두 번째는 그 안에 멋진 신랑과 예쁜 신부가 반드시 있어야 하지요."

크레아티오는 '딴딴따다~ 딴딴따다~' 흥얼거리며 노래를 부르기 시작했다.

"아기주머니 속에 정자와 난자가 서로 만나는 것처럼?"

샛별은 자신도 모르게 이렇게 말했다. 그러자 크레아티오의 말이 머릿속에 정리가 되는 것 같았다.

"빙고."

크레아티오가 손가락을 튕겼다.

"세 번째 단계에는 서로 팔짱을 끼고 하나가 되는 거예요. 즉, 둘이 하나가 되는 착상의 과정이지요. 네 번째 단계에서는 신랑과 신부의 행진. 이것은 열 달 동안 엄마 뱃속에서 성장하는 아기의 성장과정과 똑같아요."

숨을 고른 크레아티오가 박수 치는 시늉을 하며 "그리고 드디어 가족친지들로부터 인정받는 부부의 탄생!"이라고 외쳤다.

샛별은 크레아티오의 설명이 한 편의 동영상같이 느껴졌다.

"아기가 태어나는 것처럼 연인이 창조되고, 또 연인이 만들어지는 것처럼 한 쌍의 부부가 생겨나고 또 같은 패턴으로 하나의 가족이 만들어져요. 가족이 모여 이웃이 되고 사회가 되지요. 그렇게 이 세상에 없었던 것이 계속 새롭게 만들어지는 거죠."

크레아티오는 말을 이었다.

"하지만 이런 놀라운 비밀에 관심을 갖는 사람들은 많지 않아요. 아기는 그냥 태어난 아기일 뿐이고 부부는 이미 만들어진 부부이고, 가족은 그냥 가족일 뿐, 그저 보이는 것만 보면 그것들은 아무런 관계가 없는 별개의 사건이니까요."

크레아티오는 사람들이 그저 눈에 보이는 것만 보기 때문에 창조의 놀라운 비밀을 알아채지 못한다고 설명했다.

"사람들은 눈에 보이는 것만 보고 보이는 것만 믿는다?"

샛별이 그렇게 되묻자 크레아티오가 고개를 끄덕였다.

"그저 아기나 부부, 가족, 이웃이나 학교는 모두 다른 결과지만 창조가 이루어지는 과정으로 보면 놀랍게도 모두 같은 사건이라는 거예요."

샛별은 아직도 크레아티오의 말을 완전히 이해할 순 없었다. 수학만큼이나 풀이가 복잡해 보였다. 샛별은 크레아티오를 만나면서 아주 골치 아픈 공부를 하게 됐다는 생각을 떨칠 수가 없었다. 그렇다고 마냥 싫은 것만은 아니었다. 뭔가 신기하고 새로운 비밀의 세계를 좀 더 알고 싶다는 호기심도 점점 커져갔다.

"창조적 생각은 수학공식과 똑같습니다."

샛별은 크레아티오의 말이 머릿속에 맴돌다가 금세 사라지자 문득 한 가지 아이디어가 떠올랐다. 샛별은 곧바로 스마트 폰 메모장 기능을 연 후 다음과 같이 적어 넣었다.

창조의 공식
아기주머니인 자궁에 난자와 정자가 만나 착상되어
열 달을 쑥쑥 크면 아기가 창조되는 것

샛별은 번쩍 하고 떠오르는 좋은 생각이 잠깐 스치고 사라진다
는 사실을 잘 알고 있었다. 소설을 쓰면서 메모하는 습관이 없었을
때는 한순간 떠올랐던 아이디어를 잊어버리고 기억나지 않아 며칠
씩 머리를 싸매고 끙끙 앓았던 적이 한두 번이 아니었다.

샛별은 그때부터 스마트 폰 메모장에 좋은 글감이나 영감을 적
어두는 습관을 길렀다. 메모습관은 글쓰기에 정말 쓸모가 있었다.
샛별은 크레아티오의 이야기도 스마트폰 메모장에 기록해 두어야
겠다고 다짐했다.

요리의 탄생

방 창문 밖에서 햇살이 환하게 들어왔다. 한참 신나는 롤러코스터를 타다 확 깨어난 느낌이랄까. 샛별이 기지개를 펴며 몸을 일으켰다.

학기 중에는 죽어도 일어나기 싫다가 방학만 되면 아침 일찍 눈이 떠진단 말이야. 반대로 좀 됐으면 좋겠는데……. 샛별이 침대 위에 뒹굴고 있던 핸드폰을 주워들었다. 문자 하나가 와 있었다.

"내일 마지막 요리 실습 실행! 또띠아 피자를 고르곤 졸라로 세 판을 구울 거예요. 기본적인 재료는 선생님이 줄 거고, 각자 필요하면 재료는 사 오세요. 재료 리스트 첨부합니다.

P.S 방학 잘 보내길 바랍니다."

백화점 문화센터에서 하는 쿠킹 클래스에서 온 선생님 문자였다.

"아, 내일 요리실습으로 피자를 굽는 날이지. 음, 고구마나 사 갈까?"

크레아티오가 물었다.

"어떤 피자를 만드는데요?"

"또띠아로 만드는 고르곤 졸라 피자를 만든다고 하셨어."

"재료는 모두 샛별님이 정하는 거예요?"

"선생님께서 직접 정해 주시지."

"샛별님이 요리를 하는 데 직접 재료를 정하는 게 아니에요?"

"응, 재료 리스트도 요리선생님이 만들어 주셨지."

샛별이 요리 선생님께 받은 재료 리스트를 내밀었다. 고구마라는 단어만 빨간 동그라미가 쳐 있었다. 그것을 가만히 지켜보던 크레아티오가 입술을 쭉 내밀며 말했다.

"선생님이 미리 재료를 다 정해주면 진정한 요리라고 할 수 없잖아요."

크레아티오는 묘한 표정을 지었다.

"혹시 그게 오늘의 공부?"

크레아티오의 너무 진지한 표정에 샛별이 살짝 웃음이 나왔다. 크레아티오가 다시 애교 섞인 표정을 지으며 대답했다.

"요리가 만들어지는 전체 과정을 스스로 직접 해 봐야 진짜 요리의 세계를 이해하는 거잖아요."

샛별이 재료가 적힌 종이를 다시 접었다. 그리고 자리에서 벌떡 일어났다. 그 순간 크레아티오가 재빨리 샛별의 옷자락을 잡아챘다. 어린 여자아이치고는 그 힘이 강했기 때문에 샛별은 멈칫하고 말았다.

"요리의 탄생 과정은?"

크레아티오의 질문에 샛별은 살짝 당황했다.

"음, 그러니까……."

샛별은 머리를 굴렸다.

"지금까지 너의 이야기를 종합해 보면 요리에 대한 생각주머니를 상상하여 필요한 재료를 스스로 선택하여 나만의 요리를 만들어야 한다는 거잖아."

"음, 감은 좀 잡은 거 같은데……."

크레아티오가 다시 말을 이었다.

"음식의 창조과정은 아기가 태어나는 것과 같지요."

크레아티오가 샛별의 옷자락을 잡은 손의 힘을 풀었다.

"생각주머니에 자신이 선택한 요리재료와 레시피를 조합해서 최선의 맛을 내고 맛있게 보이도록 데커레이션을 거쳐 음식이 창조되지요. 그렇게 요리과정을 이해하면 다음에는 다른 재료를 추가해 조리하면서 지난번과 다른 새로운 요리를 만들 수 있지요. 조리방법을 바꿀 수 있고 조금 더 먹음직스럽게 꾸밀 수도 있겠죠! 스스로 판단하고 변화를 주고 결정하고 그렇게 나온 결과를 확인할

수 있잖아요. 요리의 맨 처음부터 끝까지 모든 과정을 직접 경험해

보는 것이 중요해요."

샛별이 고개만 끄덕거리며 주머니의 돈을 확인했다. 현관문을

나서는 샛별에게 크레아티오가 다시 한 번 말했다.

"재료선택과 조리방법을 스스로 결정하지 않으면 그건 그저 요

리 한번 하는 것뿐이에요."

"쉿, 이제 잔소리는 그만!"

샛별은 손가락을 입술에 대며 크레아티오를 돌아보았다.

크레아티오가 아직 할 말이 있다는 듯 샛별의 눈을 애처롭게 쳐

다보았다. 샛별은 순간 크레아티오의 마음을 알아챘다.

"알았어, 알았다고. 너도 마트에 같이 가자!"

샛별의 말에 크레아티오의 얼굴이 환해졌다. 마트 가는 길에 샛

별은 스마트 폰에 다음과 같이 메모했다.

요리의 창조 공식

1. 내가 할 요리 생각주머니를 상상하고 스스로 요리의 재료를 정한다.

2. 그 요리 재료들을 확보해 두근두근 조합한다.

3. 신선한 재료를 잘 조화시켜 나만의 레시피를 착상시킨다.

4. 레시피에 따라 하나하나 순서대로 요리를 진행한다.

5. 음식이 완성되면 최대한 먹음직스럽게 꾸민다.

사실 샛별도 요리를 좋아해 꽤 많이 도전해 보았다. 집에는 작지만 오븐도 있어서 혼자 쿠키를 직접 만들어 보기도 했다. 그러나 나만의 요리를 상상하고 거기에 맞는 재료를 직접 골라 조합하여 색다른 쿠키를 만들어 보겠다는 생각은 한 번도 해 본 적이 없었다.

스스로 나만의 특별한 요리 재료를 고른다고? 재료를 찾고 고르는 것이 요리의 진정한 시작이라고? 샛별은 이런저런 생각에 매장을 세 번째나 돌고 있었다.

아고라에서 창조된 민주주의

온 가족들이 텔레비전을 보고 있던 어느 날. 드라마에서 남자 주인공이 여자주인공과 첫 데이트를 약속하는 장면이 나왔다. 남자는 인터넷에 데이트 장소를 추천해 달라는 질문을 올렸다. 그랬더니 한 초등학생이 컴퓨터 앞에서 사뭇 진지하게 답변을 달았다.

'첫 데이트는 역시 홍대역 앞이 최고지요. 홍대 앞거리 강력 추천!'

드라마 주인공들은 초등학생들의 답변을 보고 정말 첫 데이트를 홍대 거리에서 즐겼다.

엄마는 초등학생 아이의 조언을 따르는 주인공들이 너무 우습다며 난리였다.

샛별은 드라마가 식상해 자기 방으로 올라왔다. 크레아티오가 모습을 드러냈다.

"요즘 초등학생들은 대학 교수만큼이나 정보가 많은 것 같아요."

샛별이 웃으며 말했다.

"정보와 지식이 넘치는 시대가 됐거든. 동생 지우는 '유튜브에서 인생의 모든 것을 다 배웠다'고 입버릇처럼 말할 정도라니까."

샛별의 말에 크레아티오는 금세 이해한다는 듯 고개를 끄덕거렸다.

"혹시 아고라를 아세요?"

크레아티오는 진지한 표정으로 물었다.

"누구나 마음껏 자신의 의견을 올릴 수 있는 인터넷의 공간이잖아!"

"사실 아고라는 고대 그리스의 도시국가 폴리스에서 자유 시민들이 자유롭게 토론을 벌이던 광장이었지요."

크레아티오는 아고라에 대해 좀 더 자세하게 설명했다.

아고라(agora)는 그리스어로 '함께 모이다'라는 뜻이었다. 고대 그리스인들은 이 광장에서 철학과 정치 등을 토론했다. 늘 사람들로 북적거리고 시끌벅적했다. 아고라는 단지 토론이나 재판 등 민회만 열렸던 곳이 아니라 시장의 기능도 병행한 도시 중심가이자 집회, 모임의 장소였다.

"세상 모든 창조는 생각주머니 같은 어떤 무대가 있었듯이 이 광장에서도 기막히고 멋진 창조가 이루어지는 데요. 그것은 과연 무엇이었을까요?"

크레아티오가 퀴즈대회 사회자처럼 진지하게 물었다.

"좀 막막한데!"

"힌트를 주자면 이 광장에서 시민들은 자유롭게 자기 생각을 표현할 수 있고 반대 의견을 들으며 최종적으로 다수결에 따라 의사결정을 했지요."

"아, 민주주의?"

크레아티오가 박수를 쳤다.

"아고라에서 바로 고대 민주주의가 탄생했지요. 광장이라는 생각주머니에 자신들의 의견을 내고 논쟁한 후 다수결의 원칙으로 의사 결정하여 집행하는 결정방식을 우리는 현재 민주주의라고 부르는 거죠, 민주주의 창조원리 역시 아기나 부부가 창조되는 패턴과 하나도 다를 게 없다는 이야기죠."

아고라 광장은 시민들이 가슴을 열고 서로 다른 생각과 의견을 나눌 수 있었던 곳이기에 민주주의를 싹 틔울 수 있었다고 크레아티오가 또박또박 힘 있게 설명했다.

듣고 있던 샛별의 표정이 묘해졌다.

'정말 이 세상의 모든 사건은 하나의 패턴으로 만들어지고 있는 것인가?'

크레아티오가 말없이 샛별을 바라보았다. 샛별은 뭔가 신비한 생각의 비밀을 알게 된 듯 짜릿함을 느꼈다. 샛별은 메모 창에 다음과 같이 입력했다.

고대 민주주의 탄생 원리

아고라 광장 → 서로 다른 의견의 만남 →

토론과 다수결 의사결정 → 집행 → 결과

토론이나 발표를 생각하다 보니 샛별의 머릿속에 다가오는 창의교실의 미션이 문득 떠올랐다.

"첫 번째 미션이 세상에서 가장 큰 뱀에 관한 문제라고 했지?"

그러나 아직 어떤 퀴즈가 구체적으로 나올지는 알지 못했다. 샛별은 정말 이번 주말 수업에 멋진 발표를 하고 싶었다. 잘 해 낼 수 있을까? 기대감과 설렘이 동시에 밀려왔다.

2장

보이지 않는 생각주머니

장자 이야기

아침 일찍 민진에게 문자가 왔다.

"짝꿍, 오늘은 기필코 한 판 신나게 놀아줘야지! 동전 노래방에서 목청 째지게 불러볼까 아님 짜릿한 디스코 팡팡에 갈까?"

"오, 디팡에서 소리 한 번 질러보자."

약속시간과 장소를 바로 정했다. 샛별은 지갑을 확인했다. 저번에 구입했던 요리교실 재료 고구마 때문에 용돈이 얼마 남아있지 않았지만, 아껴 쓴다면 어떻게든 버틸 수 있을 듯했다.

"디팡은 역시 여럿이 가야 더 신나고 재미있지."

샛별이 거실로 내려가 건너 쪽에 있는 지우 방으로 곧장 달려갔다.

"지우야! 디팡 타러 가는데 같이 갈래?"

동생 지우는 두 살 아래 남동생이었다. 컴퓨터 게임을 좋아하고 자기 게임 동영상을 편집해 유튜브에 올리고 친구들과 노는 걸 좋아하는 전형적인 초등학생 개구쟁이였지만 누나 말이라면 아빠 엄마 말보다 더 잘 따랐다.

"나 지금 저녁에 아빠에게 발표할 책을 읽고 있는데."

"무슨 책?"

"장자의 사냥 이야기."

"아 그 책? 장자가 밤 숲으로 사냥을 나가 큰 까마귀를 노리는 이야기잖아."

송나라 시대 철학자인 장자. 노자와 함께 도장사상을 이끈 사람이다. 꿈에 나비가 나왔는데 자신이 나비 꿈을 꾸었는지, 나비가 장자인 자신의 꿈을 꾸었는지 모르겠다는 이야기의 주인공이 바로 장자다.

"아 참, 누나는 이미 읽었지?"

"그래, 장자가 까마귀를 잡으려 하고 까마귀는 다시 사마귀를 노리고, 사마귀가 매미를 노리는 걸 본 장자는 갑자기 무언가를 깨닫고 화살을 던지고 밤 숲에서 뛰쳐나왔다는."

지우는 고개를 끄덕였다.

"오늘 이 책 읽고 아빠에게 발표하는 날이거든."

우리 집의 규칙은 딱 하나. 무엇이든 자신이 스스로 하고 싶은 일을 다 할 수 있지만 반드시 하루에 한 권 책을 읽고 난 후 아빠에게 발표하는 것이다.

"그래? 그 이야기는 이야기 속에 숨어있는 보이지 않는 교훈이 있어. 알고 있지?"

"아니. 아직 끝까지 다 읽진 못 했는걸."

지우가 냉큼 책 맨 뒷장을 넘겨 살피는가 싶더니 고개를 가로 저었다.

주로 책 뒤표지에는 핵심주제와 교훈이 정리돼 있는 경우가 많았다. 그걸 보고 생각을 정리한 후 발표하곤 했다. 이 책의 뒤표지에는 특별히 메시지가 정리돼 있지 않았다.

"이 책은 교훈이 요약 안 돼 있는데 누나가 좀 알려줄래?"

"음~ 이 책의 교훈을 알려면 먼저 장자, 까마귀, 사마귀, 매미가 차례로 사냥감을 노리는 서로 연결된 관계를 잘 따져 봐야 해."

"그거야 사마귀는 매미를 노리고, 그 사마귀를 까마귀가 노리고. 그 까마귀는 다시 장자가 노리고 있잖아."

지우의 말에 샛별이 질문했다.

"장자는 잡아먹기 위해 노리고 있는 서로의 관계를 생각했을 때 과연 무엇을 깨달았을까?"

"글쎄!"

"바보야, 장자도 문득 뒤에 섬뜩한 뭔가를 느끼는 게 있었겠지."

"뭐, 귀신같은 거?"

"그게 아니라 자신의 뒤통수를 누군가 노리고 있지 않을까 하는 생각 말이야……."

샛별의 말에 그제야 지우는 눈동자를 옆으로 향했다.

"오, 정말 그럴 수도 있겠네!"

지우는 고개를 획 돌려 뒤를 보는 시늉을 했다. 지우의 오버액션이 웃긴 듯 샛별은 킥킥 거렸다.

"끝부분의 이야기에선 장자가 누군가 자신을 노리고 있다는 깨달음을 얻고 활을 벗어던지고 밤 숲을 뛰쳐나가는 이야기야. 하지만 장자는 너무 늦게 깨달았어. 그만 밤 숲지기에게 '남의 밤 숲에서 왜 밤을 주워 먹었냐'고 뒷덜미가 잡혀 한바탕 곤욕을 치러야 했지."

"오, 완전 재미있어. 그러니까 실제로는 밤 숲지기가 이미 장자를 노리고 있었고 그것도 모르고 장자는 까마귀를, 까마귀는 사마귀를, 사마귀는 매미를 노리고 있었던 거잖아."

"그렇지, 그런데 만약 네가 장자였다면 이런 어처구니없는 일을 당하지 않기 위해 밤 숲에서 사냥을 하기 전 먼저 무엇을 해야 할 것 같아?"

"음, 알겠다. 아무래도 밤 숲지기에게 미리 사냥한다고 통보하고 숲에 들어갔다면 밤 주워 먹는다고 오해 받지 않았을 거 아냐?"

"바로 그거야. 밤 숲지기랑 친해 두거나 미리 허락을 구하던가!"

그 말에 지우가 재미있다고 깔깔거리며 배를 잡았다. 또 오버액션. 샛별은 지우의 머리를 쓰다듬었다.

"신나게 놀고 와서 다시 한 번 생각을 정리해 봐. 그럼 됐지, 그

정도면 충분히 아빠에게 발표를 잘 할 수 있을 거야. 이쯤 하고 디팡 타러 같이 가자."

"알았어."

후다닥 현관에 나가 신발을 신는 지우를 보며 샛별은 외쳤다.

"너 먼저 공원에 가서 기다리고 있을래? 내 친구 민진이가 먼저 와서 기다리고 있을 거야. 친구 동생도 한 명 만나서 데리고 갈게."

"알았어!"

지우가 나가자 샛별이 방문을 열어 크레아티오에게 속삭였다.

"이번엔 너도 가자. 아주 재미있는 곳에 데려갈게."

크레아티오가 샛별의 말에 '야호'를 외치며 따라나섰다.

디스코 팡팡의 DJ

사거리 지하철역과 붙어있는 공원까지는 집에서 얼마 걸리지 않았다.

"민진, 지우야!"

크레아티오의 손을 잡고 외치자 민진과 지우가 돌아보았다.

"이쪽은 친구 동생인데 나랑 친해서 데려왔어."

"난 민진이라고 해."

"안녕! 난 지우."

지우가 낯빛을 붉히며 인사했다. 크레아티오도 허리를 숙였다.

신나는 음악과 회전 접시 위에 올라가 놀 수 있는 디스코 팡팡 시설은 공원 근처 먹자골목과 패션숍들이 있는 로데오거리를 지나 한 대형 빌딩 지하에 있었는데, 출입구에서 꽤 멀리 들어가야 했다.

아마 초중고생들이 내지르는 시끄러운 비명소리와 고막이 터질 듯 빵빵 거리는 사운드의 음악소리가 밖으로 새어 나가지 않게 하려고 그렇게 설계했을 것이다.

샛별은 민진, 지우, 크레아티오와 디스코 팡팡을 연속으로 탔다. 두 번째 탈 때는 팔이 좀 아팠지만 충분히 참을 수 있었다.

"우리 한 번만 더 탈래?"

"좋아."

세 번째 탑승을 위해 줄을 섰다. 시끄러운 음악 속에서도 크레아티오는 샛별 옆에 서서 끊임없이 재잘거렸다.

"이 디스코 팡팡 놀이의 생각주머니는 뭘까요?"

"디팡접시?"

"땡!"

"그럼?"

샛별이 크레아티오의 입에 귀를 댔다.

"뒤에 숨어서 밤 숲을 지키는 사람이 있다면 디스코 팡팡에서도 배후 조종자가 있는 법이죠."

샛별이 크레아티오의 이마를 툭 건드렸다.

"또 엿들었느냐?"

"크흡, 죽을 죄를 지었사옵니다."

갑작스러운 사극을 찍는 시늉에 샛별과 크레아티오는 함께 웃었다.

"디팡에서도 배후 조정자 있다고? 저쪽 위에서 디팡 접시를 조정하는 저 DJ오빠!"

샛별은 그렇게 생각하자 뭔가 번쩍 하고 떠올라 스마트 폰의 메모 창을 열었다.

창조가 이루어지는 과정을 보는 눈을 가지면
배후 조정자가 눈에 보인다.
밤 숲의 밤 숲지기, 그리고 디스코 팡팡의 DJ

밤 숲에서는 밤 숲지기가 뒤통수치는 사람, 디스코 팡팡에선 조종기를 잡은 DJ가 뒤통수치는 사람. 아무리 균형 감각이 좋고 운동 신경이 뛰어나다 해도 저 DJ오빠가 조정기로 놀이기구 본체를 이리저리 마구 튕기면 접시 위에 사람들은 모두 허수아비처럼 쓰러질 수밖에 없지.

전에는 그냥 디스코 팡팡의 접시에 올라가면 손을 꼭 잡아 떨어지지 않겠다는 생각뿐이었다. 하지만 크레아티오의 말을 들은 후 이 디스코 팡팡의 접시를 요리조리 조정하며 '빤스가 보인다는 둥', '모르는 사람과 제발 껴안지 말라'는 둥 너스레를 떨며 재미있는 멘트를 날리고 있는 박스 안의 DJ를 유심히 관찰했다.

이 회전 접시를 조정하는 배후조종자. 접시 위 아이들의 행동을 결정하는 것은 사실 저 보이지 않는 무대의 지배자였다. 이런 생각이 샛별의 머릿속에서 뱅글뱅글 맴돌았다.

샛별과 민진, 지우, 크레아티오는 세 번째 접시 디스코 팡팡에 올랐다. 모두 떨어지지 않으려고 아등바등 버텼다. 샛별은 안 떨어지게 손잡이를 잡고 버티다 보니 팔이 떨어져 나가는 듯 아팠다. 그래도 거침없는 입담을 자랑하는 DJ오빠의 목소리를 들으니 너무 재미있고 신났다.

네 번이나 연속으로 디스코 팡팡을 탄 뒤 더 이상 소리를 지를 힘조차 없을 것 같아 다음을 기약했다. 집에 돌아온 후 잔뜩 지친 몸을 침대에 누우니 몸이 축 가라앉았다. 샛별은 문득 내일 있을 '창의교실'이 떠올랐다.

세상에서 가장 긴 뱀을 그려봐

드디어 창의교실 두 번째 시간.

강사님은 오늘도 역시나 머리 뒤에 광채가 났다. 가끔 눈이 마주칠 때는 샛별의 심장이 멎는 듯 콩닥콩닥 뛰었다. 칠판 쪽으로 걸어 간 강사님은 천천히 그림을 그리기 시작했다. 손목 스냅을 이용하여 부드럽게 이어나가는 것이 꽤 많이 그려본 솜씨였다.

학생들은 강사님의 그림을 보았다.

"와우."

"잘 그리신다!"

"미술선생님만큼 잘 그리시는 것 같아."

여학생들이 까르르거렸다. 샛별도 선생님의 그림을 꼼꼼히 살폈다. 부드러운 선이 이어졌다. 세부적인 묘사로 그림은 살아 움직이는 듯 했다.

"방울뱀이네요."

"맞아요!"

칠판의 반을 차지할 정도의 '뱀' 그림이었다. 길쭉하게 몸을 늘어뜨리고 칠판 위에 뱀이 그려져 있었다.

"오늘 첫 번째 미션입니다. 여기 보이는 이 뱀을 세상에서 가장 큰 뱀으로 표현할 아이디어를 생각해서 발표해 보는 거예요!"

강사님이 치즈조각 케이크를 보여주셨다. 간식을 사랑하는 학생들이 일제히 환호성을 질렀다.

10분 정도 각자 생각을 노트에 정리하거나 스케치한 뒤 한 사람씩 발표하기 시작했다. 샛별의 옆에 있던 서연이가 가장 먼저 손을 들었다.

"보아 뱀이요. 코끼리도 삼켰다잖아요. 엄청 커요!"

강사님은 싹~ 한 번 웃으며 고개를 가로저었다.

"그건 그냥 큰 뱀이지요."

이번에 창동이가 자리에서 일어섰다.

"뱀의 입과 꼬리를 이어서 뫼비우스 띠처럼 표현하는 건 어떨까요?"

"수학의 원리를 적용해 보자는 아이디어군요. 무한대라는 기호로 뱀을 표현하는 방법이 독특한 생각이긴 하지만 선생님이 생각하는 답은 아니에요."

샛별도 머릿속에 생각폭풍이 계속 일었다. 친구들의 발표를 들으면서 칠판에 그려진 뱀이 마치 큰 네모난 푸른 호수에 빠져 있다는 생각이 떠올랐다.

재미있는 아이디어가 떠오를 듯 했지만 아직 확신이 서지 않았다.

그때 샛별이 제일 싫어하는, 잘난척쟁이 정아가 생글생글 웃으며 손을 들었다. 안 돼~. 샛별은 자신도 모르게 이렇게 중얼거렸다.

"상자를 그리면 그린 후 상자 앞에는 머리를, 상자 뒤에는 꼬리가 나오게 그리면 어떨까요?"

정아는 자신 있게 발표했다. 강사님은 환한 미소를 지으셨다. 샛별은 심장이 쪼그라드는 듯한 기분이 들었다.

"상자 속에 얼마나 긴 뱀이 있을지 상상하기 나름이란 이야기죠?"

수업을 듣는 학생들이 일제히 강사님 입을 주목했다.

"좋은 생각이에요. 상상력을 발휘한다는 아이디어가 매우 좋네요. 하지만 아쉽게도 이 역시 정말 큰 뱀을 표현할 수 있는 누구나 공감할 수 이야기는 아닌 것 같아요."

다행이다! 샛별은 저도 모르게 주먹을 불끈 내쥐었다. 학생들이 어렵다고 투덜댔다.

선생님은 뱀에 너무 집착하지 말라고 하셨다.

"눈에 보이는 뱀에만 관심을 가지면 정작 세상에서 가장 긴 뱀을 그릴 수 없지요."

강사님의 말에 샛별의 가슴이 갑자기 쿵쾅거렸다.

"보이지 않는 걸 봐야 세상에서 가장 긴 뱀을 그릴 수 있다고? 보이지 않는 무엇이 이 뱀의 크기를 결정하는 건 아닐까?"

그 순간 '보이지 않는 생각주머니'에 대한 크레아티오의 말이 떠올랐다. 그리고 보이지 않는 많은 것들이 머릿속에 영화처럼 보이며 생각이 하나로 정리되기 시작했다.

- 디스코 팡팡 접시 위 아이들의 행동을 결정하는 것은 보이지 않는 무대의 지배자.
- 디스코 팡팡 접시를 조정하는 저 멀리 있던 배후조종자
- 보이는 건 저 뱀과 보이지 않는 건 뱀이 들어있는 생각주머니.
- 그렇다면 보이는 뱀의 크기를 결정하는 것은 뱀이 들어있는 생각주머니의 크기

샛별은 뱀이 칠판 같은 호수에 풍덩 빠지는 상상을 했다. 그러자 뱀이 금세 호수만 해졌다. 그리고 이번엔 뱀 주변이 바다로 변했다. 그랬더니 이번엔 거기에 바다만한 뱀이 들어갔다. 이번엔 칠판을 펼쳐진 세계지도라고 생각했다. 그랬더니 이번엔 뱀이 세계지도만한 거대한 뱀이 거기 있었다. 이번엔 배경에 지구와 태양을 넣어보았다. 그랬더니 우주만큼 큰 뱀이 생겨났다. 샛별은 우주만

한 긴 뱀을 보았다. 그때 크레아티오가 한 말이 문득 떠올랐다.

"눈에 보이는 것은 눈에 보이지 않는 생각주머니가 결정해요. 눈에 보이지 않는 걸 볼 수 있어야 창의성의 진정한 비밀을 알게 되지요."

샛별은 크레아티오의 말을 이해하는 순간 뒤통수를 한 대 맞은 듯한 느낌이 들었다. 뱀의 크기를 결정하는 건 뱀의 크기가 아니라 배경의 크기이고, 배경의 크기는 우리의 생각주머니의 크기였다.

샛별은 자신 있게 손을 번쩍 들었다.

강사님이 샛별을 바라보았다.

"칠판에 직접 그려도 되나요?"

"물론"

강사님이 샛별에게 분필을 내 밀었다.

샛별은 분필을 쥐고 칠판에 그려진 뱀 옆에 조그마한 지구와 건너편에 태양을 그려 넣었다. 그리고 긴장한 얼굴로 강사님을 돌아보았다. 샛별은 가슴이 쿵쾅 거렸다. 강사님은 환한 미소를 띠며 엄지손가락을 내밀었다.

"드디어 선생님이 생각하던 답이 나왔네요. 이 뱀의 크기를 결정하는 답은 사실 이 뱀에 있는 게 아니라 이 뱀의 배경에 있었던 거죠. 멋진 상상력을 발휘한 샛별 학생에게 박수!"

"와~"

그리고는 강사님은 샛별에게 조각 케이크를 내밀었다.

세상을 다 얻은 듯 샛별은 뛸듯이 기뻤다. 퀴즈를 맞혔다는 기쁨도, 제일 좋아하는 조각케이크를 상으로 얻었다는 것도 좋았지만 정아에게 지지 않고 강사님께서 칭찬받는 게 무엇보다 너무 기분 좋았다.

샛별은 자리에 앉아 자신의 그림을 바라보며 보이지 않는 것이 얼마나 중요한지를 잊지 말자고 다짐했다.

"다음 시간에는 한 사람씩 기존에 없는 시계 아이디어를 생각해 발표해 보는 시간을 가질 거예요. 다음 시간에도 여러분들의 멋진 아이디어 기대할게요. 모두 잘 할 수 있죠?"

"예!"

강사님의 말에 학생들은 큰 소리로 대답했다.

수업이 끝난 뒤 가방을 챙기는 샛별에게 정아가 다가왔다.

"오, 굼벵이. 상상력은 여전히 녹슬지 않았네."

샛별은 칭찬인지 질투인지 모를 말을 내뱉는 정아를 한 번 흘깃 쳐다본 후 아무런 표정 없이 무시했다.

샛별은 누구를 딱히 싫어하지 않는 둥글둥글한 성격이었다. 승부욕이 넘치는 성격도 아니었고, 본인도 자신이 좀 많이 느릿하다는 걸 잘 알고 있었다.

반면, 정아는 예쁜데다가 빠릿빠릿하고 성격도 활달하고 남자애들한테도 인기가 좋았다. 공부도 잘했고 사진 찍기, 만들기 같은 것도 잘 했다. 친구였다면 그런 정아를 자랑스러워했을 것이다. 솔직히 초등학교 저학년 때도 굉장히 좋아했고 친했다. 6학년이 되고 얼마 지나지 않아 문제의 그 사건이 있었다. 단지 정아의 짜증나는 별명 부르기가 듣기 싫었고 어느 날 참다가 발끈 화를 내며 크게 다툰 일이 있었다. 그 사건을 계기로 사이가 완전히 틀어졌다. 사실 틀어졌다기 보다는 샛별이 정아를 피했다.

과거는 과거일 뿐. 옛날 일이고 시간도 많이 흘렀다. 어쨌든 이 순간이 매우 기뻤다. 정아를 생각하면 짜증도 나고 아리고 슬프고 묘한 감정이 뒤섞여 복잡했지만 강사님께 칭찬받은 걸 생각하니 샛별은 다시 미친 사람처럼 낄낄 웃을 수 있었다. 샛별은 교실을 나서며 스마트 폰에 다음과 같이 입력했다.

나무토막을 감고 있는 뱀보다 집을 감고 있는 뱀이 더 크다.
집을 감고 있는 뱀보다 지구를 감고 있는 뱀이 더 크다.
지구를 감고 있는 뱀보다 우주를 나는 뱀이 더 크다.
생각주머니의 크기가 보이는 걸 결정한다.

샛별은 정아의 말에 신경 쓰지 말자고 몇 번이고 스스로 주문을 걸며 문구점으로 향했다.

마술이 창조되는 원리

"누나!"

누군가 부르는 소리에 샛별은 뒤를 돌아보았다. 두 살 어린 남동생 지우가 문구점 안쪽에서 양 손에 뭔가 하나씩 들고 서 있었다.

"어? 지우구나. 뭐 사러 왔어?"

"응. 트럼프 카드랑 마술 도구 좀 사려고."

지우는 취미가 금방금방 바뀌는 편이었다. 한동안 큐브에 목매더니 얼마 전엔 요리에 푹 빠져 있었다. 집에서 동영상을 보며 카레라이스도 직접 만들고 계란찜도 만들고 아주 난리도 아니었다. 요리도구를 샀다면 또 요리를 하겠구나 싶겠지만 웬 마술 도구?

"왜? 이번엔 전공을 마술로 바꿨어?"

"하하. 맞아. 지금 우리 교실에 마술이 아주 먹어준다고."

"그래? 마술을 잘하는 친구가 요즘 반에서 인기 짱이겠네."

"히히. 당근이지."

지우가 환하게 웃었다.

샛별은 중학교 2학년이고, 지우는 초등학교 6학년이다. 샛별은 조용하고 느린 편인데 반해, 동생 지우는 뭐든지 빠르고 아빠를 닮아 쫑알쫑알 말도 많은 편이다.

"카드 마술을 잘하는 친구도 있고, 동전 사라지게 만들기나 유리 속에 동전을 집어넣는 마술을 하는 친구도 인기가 많아. 누나도 무슨 마술 보고 싶은 거 있어?"

"나?"

"응."

지우가 초롱초롱한 눈으로 누나를 응시했다. 말만 하면 오늘이라도 연습해서 뭐든 다 보여줄 기세였다. 하지만 마술에 별로 관심이 없는 샛별은 딱히 떠오르는 게 없었다. 그래도 애타는 눈동자로 자신을 바라보는 동생의 얼굴을 보니 어떻게든 한 마디 해야 할 것 같았다.

샛별은 간신히 재미있었던 마술 하나를 기억해 냈다. 판타지 소설 소재를 생각하다 알아낸 마술이었다.

"닫힌 생수병 속으로 동전을 집어넣는 마술. 진짜 신기하더라."

지우는 금방 알아들었다.

"아, 생수병 밑으로 50원짜리 동전을 생수병 안에 집어넣는 그

마술? 난 그 마술의 원리까지 벌써 다 알고있지! 알려줄까?"

지우가 의기양양한 표정을 지었다. 아, 또 나왔다, 허세. 아주 궁금하지는 않았지만 샛별은 고개를 끄덕거려 주었다. 지우는 자신의 지식을 뽐낼 기회를 만나 아주 신난다는 듯 마술의 원리를 설명하기 시작했다.

"그 물병 속 뚜껑 부분에 미리 동전 하나를 몰래 붙여 놓았던 거야. 물병 속에 물을 반쯤 넣은 후 동전을 넣고 물병을 뒤집으면 보이지 않는 뚜껑 부분에 동전이 들어가게 돼. 물병을 살짝 눌러 진공상태를 만든 후 천천히 뒤집으면 물병을 바로 세워도 동전이 진공압력에 의해 뚜껑에 붙어있는 거지! 그럼 사람들이 볼 때 물만 들어있는 물병인 것처럼 보이고. 연습을 해서 손에 쥐고 있던 동전이 정말 물병 안으로 들어가는 것처럼 보여주는 거야."

샛별은 그 마술의 비밀에 대해 대충 감을 잡을 수 있었다. 보이지 않는 부분에 미리 손을 써두고 보이는 부분에서 마술쇼를 펼치는 것. 즉 보이지 않는 부분과 보이는 부분을 구분한 후 다시 교묘하게 연결시키는 것. 그것이 '마술'이라는 게 아닐까?

동생을 물끄러미 바라보던 샛별은 입을 열었다.

"근데 지우야. 너 마술의 원리에 대해서 잘 알아?"

"마술의 원리?"

"사람들이 대부분 눈으로 보이는 걸 보고 판단하거든. 그걸 이용하는 속임수가 바로 마술의 원리야."

지우가 고개를 갸웃했다.

"응?"

"너 생텍쥐페리의 어린 왕자 읽어봤지?"

"당연하지."

"이 책에 '정말 중요한 건 눈에 보이지 않아'라는 글이 있어."

샛별이 잠시 멈추었다가 다시 말을 이어나갔다.

"사람들은 보이는 게 전체라고 믿어. 그러나 사실은 눈에 보이지 않는 것과 눈에 보이는 것이 연결돼야 '전체'거든. 마술은 '눈에 보이는 것이 전부'라고 믿는 관객들에게 '눈에 보이지 않는 영역'에서 여러 가지 장치나 과학을 적용하여 신기한 것처럼 꾸며내 보여주는 기술이지."

평소라면 별 관심 없는 표정을 지었을 지우가 정말 마술에 꽂혀 있는 듯 진지하게 귀를 기울였다. 지우가 고개를 끄덕이며 질문까지 했다.

"사람이 있는 마술 상자 안으로 칼을 꽂거나 톱질을 하는데 그 상자 안은 보이지 않잖아."

샛별은 웃으며 대답했다.

"맞아. 관객은 마술 상자 안에서 몸을 아주 조그맣게 웅크릴 수 있다고 생각하지 않아. 게다가 다양한 기술 장치나 과학, 눈속임 등으로 '눈에 보이지 않는 곳'에서 마술장치를 해두면 바로 신기한 마술이 연출되는 거지. 마술은 실제 '눈에 보이지 않는 곳'이 중요해."

사실 샛별이 마술에 대해 아는 것이 별로 없었다. 판타지 소설을 쓸 때 마술이나 퇴마술, 최면술 같은 걸 검색해 본 게 전부였다. 그 지식에 요즘 크레아티오와의 대화를 덧붙여 그럴듯하게 지어내 이야기를 해 본 것뿐이었다.

그런데도 지우는 정말 놀랍다는 듯 엄지손가락을 치켜세웠다.

"우와, 누나 정말 대단한데. 누나가 마술에 대해 이 정도로 잘 알고 있는지 정말 몰랐어."

"뭘, 이 정도 가지고."

샛별은 시치미를 뚝 떼며 어깨를 으쓱했다.

스마트폰 메모 창을 연 샛별은 이렇게 톡톡 글자를 입력했다.

마술의 전체

보이지 않는 세계 + 보이는 세계

마술주머니 → 속임수 재료 + 기술 → 마술씨앗 →

눈으로 보이는 신기함 → 마술쇼

샛별은 우리가 보는 세상이 어쩌면 마술쇼일지도 모른다는 생각을 했다.

보이지 않는 손

"누나, 누나."

"응, 응?"

눈을 감고 선잠에 빠져있던 샛별이 퍼뜩 눈을 떴다.

"나 누나에게 말해야 하는 거 깜빡 잊어버린 게 있어."

"응?"

"누나 요 며칠 태권도 학원에 못 나왔잖아."

전날은 요리 강좌가 늦어져 못 갔다. 그 전엔 친구를 따라 봉사를 갔다가 둘이서 길을 잃는 바람에 너무 늦어 학원에 빠지고 말았다.

"으응……."

"오늘 학원에서 벼룩시장을 열기로 했어."

"오늘 벼룩시장을 연다고?"

눈을 비비던 샛별의 몸이 굳었다.

"너, 그걸 지금 이야기 하면 어떡해?"

"지금 생각났단 말이야."

샛별은 머리를 긁적이며 대답하는 동생을 믿지 않게 한 번 째려보고 물었다.

"팔 물건들은 챙겼고?"

"아직!"

"일단 옛날에 읽었던 소설책이랑 작아서 못 입는 옷이랑 챙겨."

샛별은 고개만 끄덕끄덕 거리고 있는 지우를 물끄러미 바라보았다.

"혹시 안 쓰는 물건 없어?"

"하나 있어…… 헤드셋"

"생일날 고모가 사 준 그 것? 그건 안 돼! 그래도 생일 선물로 받은 건데."

"아니, 전에 쓰던 거. 새 헤드셋을 고모에게 선물 받았으니까 예전 헤드셋은 팔아도 되잖아. 마이크에 침도 안 튀게 간직했던 거고 딱 한 번 밖에 안 쓴 거니까 비싸게 팔 거야."

지우의 당당한 말에 샛별은 질문을 던졌다.

"얼마나 받을 건데?"

"만 오천 원 정도!"

"그거 원래 2만 원짜리였잖아?"

"비싸?"

"완전."

"알았어. 한 번만 써도 중고는 중고니까, 그럼 만 원."

"벼룩시장에선 만 원도 센 거야!"

"만 원도?"

지우가 두 눈을 동그랗게 뜨며 물었다. 한 번 밖에 사용하지 않은 것을 반값에 붙였는데 비싸다는 말을 들으니 바로 입이 튀어나왔다.

샛별은 말했다.

"무조건 높은 가격에 팔려는 사람이랑 무조건 싸게 사려는 사람이 있으면 팔지도 사지도 못하지. 그럼 도로 가져와야 하잖아."

샛별의 말에 지우가 불만족스러운 표정을 지었다.

"이 헤드셋은 비싸게 주고 샀고, 딱 한번 밖에 안 썼단 말이야."

"그 헤드셋은 너한테는 소중하겠지만 다른 사람한테는 수 없이 많은 헤드셋 중의 하나일 뿐이야. 넌 '보이지 않는 손'에 대해 들어본 적도 없니?"

"보이지 않는 손? 그게 뭔데?"

지우가 멀뚱히 대답했다.

"음…… 벼룩시장이 열리려면 팔려는 사람도 좋고 사는 사람도 좋아야 하잖아. 팔려는 사람과 살려는 사람 서로가 좋게 물건 값어치를 정하도록 보이지 않는 배후조정자라 할 수 있지."

"배후조정자?"

샛별이 고개를 끄덕였다.

"쉽게 말하자면 너는 헤드셋을 아주 비싸게 팔고 싶겠지만 일단 벼룩시장이라는 점이 중요하니까 물건 값은 최대한 싸게 정해야 한다는 거지. 시장이 가격을 어느 정도 균형있게 정한다고 볼 수 있는 거야. 벼룩시장에 아주 비싼 상품을 가지고 나온다면 그건 이미 벼룩시장이 아니잖아."

지우가 제 방으로 들어가 헤드셋을 들고 다시 나왔다. 까만 헤드셋은 광택이 흐르는 것처럼 보였다. 딱 한 번 써봤다는 말이 정말인 듯 새 것 같았다.

"만 원 가치보다 적어? 이게?"

"응. 적어."

"으으."

지우는 아깝다는 듯 헤드셋을 강아지 품듯이 가슴에 안았다.

샛별이 장난스럽게 지우의 뒤통수를 손가락으로 한 번 튕겼다.

"보이지 않는 손이란 무조건 비싸게 팔려는 사람의 뒤통수를 이렇게 후려치는 손이기도 하지."

"진짜?"

"아니. 농담. 하하."

지우가 눈을 흘겼다.

"아, 그래 그럼 5천 원. 어차피 친구들에게 파는 거니까. 하지만 그 이하는 절대 양보 못해."

샛별이 웃음을 터뜨리며 손을 뻗어 지우의 헤드셋을 잡았다. 흠집 하나 없고 반질반질한 것이 정말 5천 원에 팔기는 좀 아까울 만했다. 포장만 잘하면 거의 완전 새 상품이었다.

그러고 보면 우리가 다니는 시장이나 오늘 같은 벼룩시장도 크레아티오가 말한 창조과정과 묘하게 일치했다.

보이지 않는 무대 시장이 열리면 거기에 팔려는 사람과 살려고 하는 사람이 만나 두근두근 가격흥정을 벌이다 서로의 조건에 맞는 가격이 싹 트면 교환을 통해 매매가 이루어진다.

결국 시장법칙이 세상에 창조되는 과정도 아기가 창조되는 과정이나 부부가 창조되는 과정과 다르지 않았다. 샛별은 크레아티오를 만나고 그녀에게 이상한 노트를 받고 난 후 스스로 생각하는 힘이 굉장히 커졌다는 것을 느끼고 있었다.

샛별은 지우에게 재미있는 질문을 던졌다.

"지우야, 만약 네가 벼룩시장에서 5천 원에 팔기로 한 헤드셋을 3만원에 팔고 싶다면 어떤 아이디어를 생각해 낼 수 있을까?"

"으음……? 뭐 누나 말처럼 벼룩시장 말고 백화점 같은 데서 팔면 되잖아. 근데 중고라서 그건 안 되겠지?"

"하하, 그렇게 성격이 다른 시장을 바꾸는 건 좋은 아이디어야. 아이스크림 같은 걸 여름 해변에서 좀 더 비싸게 파는 것처럼 말이지. 또 헤드셋에 유명한 가수의 사인을 받아 경매시장이나 헤드셋을 구하기 힘든 나라에 수출해서 팔수도 있겠지. 똑같은 상품이라도 꼭 필요하지만 구하기 힘든 시간이나 장소의 시장에서 팔면 가격을 더 높게 받을 수 있는 거야."

샛별은 두 손을 벌려 생각을 크게 하라는 시늉을 했다.

"오늘, 벼룩시장 끝나면 이 누나가 맛있는 거 사줄게. 떡볶이할매 집에서 한 턱 쏠 테니 잔뜩 기대하서."

그 말에 지우는 연신 싱글벙글 웃었다.

그 날, 벼룩시장에 가져 간 물건은 모두 팔렸고 필요한 거 몇 개를 샀다. 샛별과 지우는 남는 돈으로 분식집에서 배 터지게 떡볶이와 어묵을 먹었다.

거꾸로 생각하기!

    샛별은 잠에서 깼다. 초저녁인데 새로 연재할 판타지 소설 구상을 하다가 책상 앞에서 잠깐 졸았던 모양이었다.

    샛별이 책상 아래 있는 컴퓨터 본체의 파워 키를 눌렀다. 불이 들어오지 않았다. 두어 번 더 버튼을 눌러보았다.

    "뭐야, 이거 왜 이래?"

    샛별은 다시 마우스도 건드려보고 본체를 두들겨 보았다. 본체의 전원을 여러 번 껐다 켰다 해 보았지만 아무 소용이 없었다.

    샛별은 거실로 내려가 아빠를 불렀다.

    "아빠, 제 컴퓨터가 먹통이에요."

    "응?"

    "컴퓨터가 안 켜져요. 파워 키를 눌러도 안 켜지고, 마우스를 움직여도 안 되고, 전원도 켜져 있는 것 같은데 다 안 돼요. 좀 봐주실래요?"

"잠깐만 기다려!"

아빠가 방문을 열고 들어오셨다.

"봐요, 컴퓨터가 완전히 맛이 간 것 같아요."

"어디 보자!"

아빠도 파워 키를 한 번 누르고 마우스를 움직이고, 전원 버튼을 눌렀다.

"아예 전원이 안 들어오네!"

그리고는 책상 밑에 들어가 이리저리 얽히고설킨 복잡한 연결잭들을 살폈다. 잔뜩 독이 오른 샛별이 아빠 뒤에서 흘깃거리며 급한 마음에 물었다.

"뭐 하세요?"

"잠깐만."

책상 밑에서 나온 아빠는 바로 방 출입문 쪽으로 걸어갔다. 그리고 문 바로 옆에 있는 콘센트의 멀티 탭에 손을 댔다.

"샛별아, 다시 파워 키 눌러 볼래?"

샛별이 주저 않고 컴퓨터 파워 키를 눌렀다. 딸깍! 휘이잉. 컴퓨터 프로펠러 돌아가는 소리가 크게 들렸다. 파워 키의 불도 바로 들어왔다.

"어, 되네! 와, 어떻게 한 거예요?"

샛별의 질문에 아빠가 의기양양한 미소를 지었다.

"간단하지. 아빠 초능력자니까. 농담이구. 사실은 컴퓨터로 연결되는 여기 문 옆 콘센트가 살짝 빠져 있더라고. 방문을 드나들다가 살짝 건드려서 빠졌나봐. 그래서 다시 꽉 꽂은 것뿐이고."

"어떻게 그걸 바로 눈치 채셨어요?"

"아빠가 지난번에 말한 가로등 아래 열쇠 찾기 이야기 생각나니? 문제를 해결하려면 그 문제를 해결하는 데만 집착하면 오히려 더 풀기 어려울 수 있다는 거?"

샛별은 그 때 아빠가 들려주신 이야기가 떠올랐다.

가로등 아래서만 뭔가를 열심히 찾고 있는 사람이 있었다. 지나가는 사람이 그에게 물었다.

"무얼 찾고 있습니까?"

"잃어버린 열쇠를 찾고 있지요."

"그런데 왜 계속 같은 곳에서만 열쇠를 찾고 있습니까?"

그러자 그는 이렇게 답했다.

"여기가 가장 밝잖아요."

우리는 그의 답이 참 어리석다는 사실을 잘 안다. 하지만, 사실 대부분의 사람들은 일상에서 이런 문제가 생겼을 때 가로등이 환히 비치는 부분에서만 답을 찾으려 애쓴다는 게 아빠의 설명이었다.

"일단 전체 과정을 미리 상상해 봐야 해. 그러면 대부분의 사람들이 답을 찾으려 몰려가는 반대쪽에 오히려 더 좋은 답이 숨어있는 경우가 많지."

아빠는 그러면서 돌멩이 스프에 대한 이야기도 하나 들려주셨다.

한 사내가 광장에서 돌멩이를 하나 냄비에 넣고 물을 펄펄 끓이기 시작했다. 돌멩이를 끓이는 모습에 의아한 표정으로 사람들이 하나 둘 몰려들었다.

"지금 뭐하는 거냐?"

사람들이 물었다. 사내는 진지하게 다음과 같이 말했다.

"제가 지금 세상에 없는 별미 중의 별미 돌멩이 스프를 끓이는 중이거든요. 그런데 돌멩이 스프에 고명(계란, 김, 표고버섯, 당근, 피망 등을 다져 음식의 모양과 빛깔을 돋보이게 하고 음식의 맛을 더하기 위하여 음식 위에 얹거나 뿌리는 재료)이 조금 들어가면 진짜 끝내줄 텐데 그 점이 좀 아쉽네요."

사람들은 흥미롭다는 듯 각자 자신에게 있는 고명을 조금 보탰고 어떤 이는 조미료를 살짝 넣어주기도 했다. 어느 순간 돌멩이를 끓이고 있던 냄비 안에 정말 먹음직스런 스프가 만들어졌다.

"오, 정말 뭔가가 만들어지는 전체과정을 보는 사람은 기발한 아이디어를 생각해 낼 수 있군요."

샛별의 감탄에 아빠는 미소를 한 번 지었다.

"이 사내와 같이 전체를 미리 그려보는 사람들이 지금 우리 세상을 창조적으로 연결시키는 거야. 기억해 두렴! 내가 지금 보고 있는 결과나 가지고 있는 일부분이 아니라, 창조가 이루어지는 전체 과정을 생각해 보면 훨씬 창의적인 아이디어들을 떠올릴 수 있다는 걸!"

결과만 보는 게 아니라 전체 과정을 보고 생각해 보라는 것. 크레아티오가 계속 이해시키려 하던 바로 그 이야기. 크레아티오는 언젠가 생각이 여무는 열네 살의 나이를 선택했다고 말한 적이 있었다. 나를 선택한 이유 중에 혹시 아이디어와 창의에 관심이 많은 아빠의 딸이라는 점도 고려의 대상이 된 게 아닌 걸까? 하는 생각도 들었다.

"컴퓨터 전원이 안 들어온 원인은 가장 먼저 전기가 끊겼을 때이고, 두 번째는 전기선과 컴퓨터 상태에 문제가 생긴 걸 거야. 맞지?"

"그렇겠지요."

"세 번째는 컴퓨터 본체의 고장일 수 있겠지. 물론 정말 컴퓨터의 기능이 고장 났다면 아빠도 고치기 힘들었을 거야."

"그랬다면 컴퓨터를 잘 고치는 외삼촌을 부르는 수밖에요."

"그래, 그런 해결책을 찾아야겠지. 이제 네 번째는 파워버튼이나 마우스연결 쩍 등의 단순한 접촉 불량일 수 있지. 이렇게 죽 전체

과정을 생각한 후 하나씩 체크해 보기로 한 거야."

"아, 알겠어요. 그러니까 가장 먼저 컴퓨터로 연결되는 전기선이 잘 연결돼 있나 점검 해 봤는데 거기에 딱 문제가 있었다는 이야기죠?"

"후후, 바로 그거야."

어깨를 으쓱하는 아빠를 보고 샛별은 묘한 표정을 지었다.

샛별은 컴퓨터 모니터의 전원도 켰다. 모든 것이 이상 없었다. 아빠가 방문을 열고 나가시자 샛별은 스마트 폰 메모 창을 열어 다음과 같이 적었다.

보이지 않는 곳에 진짜 원인이 숨어있고

전체과정을 살펴 각 원인을 찾으면 문제를 더 잘 해결할 수 있다.

아빠의 말씀은 여러모로 크레아티오의 이야기와 닮은 구석이 많았다. 하기야 아빠도 창의성에 대한 글도 많이 쓰고 연구도 오래 하셨다. 그러니 닮은 점이 많다는 건 어쩌면 당연한 일일지도 몰랐다.

아이폰과 유튜브의 위대한 창조

샛별은 한 번도 와 본적이 없는 낯선 공간에 와 있었다.

조금 어두웠지만 어마어마하게 큰 강단 안이었다. 언젠가 아빠가 컴퓨터로 스티브 잡스의 아이폰 프레젠테이션 영상을 보여준 적이 있었다. 대형 스크린 앞에 청바지와 까만 상의를 입고 발표하던 스티브 잡스의 모습이 떠올랐다. 연단 위에는 두 아저씨가 작은 테이블 앞에 앉아있었다.

샛별은 그들이 누구인지 한 눈에 알아봤다.

아이폰을 만든 애플의 스티브 잡스와 유튜브를 만든 스티브 첸이었다.

아이폰은 최초의 스마트 폰이고, 유튜브는 구글에 무려 2조원에 팔린 어마어마한 벤처기업이다. 그들의 전기를 읽어 본 적이 있는 샛별은 이렇게 유명한 사람들과 같은 장소에 있다는 사실이 믿기지 않았다. 그때 그들이 샛별을 불렀다.

"샛별 양!"

샛별은 어디서 용기가 생겼는지 주눅 들지 않고 잡스와 첸이 앉아있는 탁자 앞 의자에 앉았다. 순간 그들에게 궁금한 걸 꼭 질문해 봐야겠다는 생각이 들었다.

"아저씨들은 어떻게 최고의 것을 만들 수 있었나요?"

먼저 스티브 잡스가 말했다.

"창조의 전체 과정을 통찰했기 때문이지."

"전체 과정이요?"

"그렇지. 과정으로 봐야 문제를 잘 이해하고 원인을 잘 분석할 수 있거든."

"왜 그런가요?"

"세상 사람들은 나에 대해 온갖 좋은 단어와 수식어로 포장하지만 그런 포장을 다 벗기고 '쿨'하게 있는 사실을 들여다봐야 진실을 볼 수 있지. 내가 아이폰을 만든 과정을 있는 그대로 들어보면 아마도 잘 이해할 수 있을 거야. 실제로 그때 난 단지 어떤 현상을 보았을 뿐이야. 잘 나가던 디지털카메라 시장이 망하고 있었거든. 이유야 뻔했지. 사람들이 핸드폰으로 사진을 찍기 시작했으니까. 핸드폰과 카메라 기능을 서로 조합했던 거지. 그건 누군가 핸드폰 카메라의 모습을 상상했기 때문이야."

잡스는 탁자 위 종이에 표를 그렸다.

결　과: 디지털카메라 시장이 망함
과정1: 핸드폰으로 사진을 찍는 사람들이 점점 늘어남
과정2: 카메라 기능이 장착된 핸드폰 아이디어
과정3: 핸드폰 기능과 카메라 기능이 서로 결합
원　인: 카메라 핸드폰에 대한 상상

"이런 과정을 파악하는 능력이 바로 원인분석력 혹은 핵심파악 능력이라고 할 수 있지."

스티브 잡스는 샛별에게 아주 친절하게 설명해 주었다.

"바로 이 원인분석력을 반대의 과정으로 적용하면 창조적인 문제해결방안이 나오는 거야. 당시 애플의 아이팟은 매년 4000만대를 팔정도로 아주 큰 인기를 끌고 있었어. 애플 매출의 45%를 차지할 정도였으니까. 하지만 난 사실 그 때 무척 불안했고 엄청난 고민에 빠져 있었지. 디지털카메라 시장이 망하는 과정을 보고 아이팟의 미래에 대해 생각하지 않을 수 없었기 때문이야. 휴대폰 속에 아이팟을 넣는 게 필요하다고 느꼈고 이런 생각을 직원들에게 털어놓고 회의를 하다 보니 '아이팟'과 애플 내부에서 추진 중이던 '태블릿PC 사업의 화면터치기술과 아이디어들'이 서로 연결되고 조합되더군. 그렇게 인터넷기능의 컴퓨터와 아이팟을 넣는다는 스

마트 폰 콘셉트가 나온 거야. 그 후 나는 직원들과 6개월간 매일 회의를 하면서 새로운 제품의 기능을 보완하고 화면 아이콘과 디자인의 완성도를 높여 나갔어. 그렇게 탄생한 게 바로 최초의 스마트 폰인 아이폰이지.”

샛별은 스티브 잡스의 이야기를 듣고 자신이 직접 아이폰의 창조 과정을 표로 그려보겠다고 제안했다. 잡스가 종이와 펜을 건네자 샛별은 다음과 같이 정리했다.

자궁: 디지털카메라 회사들이 망하는 과정을 보고 아이팟의 미래 생각
만남: 아이팟과 태블릿PC 사업의 화면터치기술과 아이디어들.
착상: 인터넷기능의 컴퓨터와 아이팟을 결합시킨 스마트폰 콘셉트
성장: 6개월간 매일 회의를 거쳐 제품의 기능을 보완, 디자인 완성 도를 높여감
아기: 세상을 바꾼 아이폰 창조

스티브 잡스는 샛별이 정리한 글을 보고 흐뭇하게 웃으며 고개를 끄덕였다. 이때 옆에서 지켜보던 유튜브의 창업자 스티브 첸이 입을 열었다.

“사실 나도 스티브 잡스 아저씨가 생각했던 것과 똑같은 과정으

로 유튜브를 만들었단다. 미국에선 슈퍼볼 럭비경기가 굉장히 유명한데 거기에서 공연을 하던 한 여가수의 사건동영상이 큰 화제였지. 나도 그 영상이 너무 보고 싶어 열심히 포털에 검색을 해 봤어. 그런데 도무지 찾을 수가 없는 거야. 포털사이트에선 영상제공 기능이 너무 약했던 거지. 기존에 있던 영상제공 사이트들도 불편하고 허접하긴 마찬가지였지. 아무튼 영상을 찾는데 아주 짜증이 나더라고."

첸도 종이 위에 그 때의 생각과 과정을 표로 정리해 주셨다.

현　상: 화가 나고 짜증이 남
과정1: 화제의 영상을 아무리 검색해도 찾을 수 없었고 영상사이트들은 허접했음
과정2: 해당 영상이 없음
과정3: 영상들과 포털사이트가 서로 조화되지 않음
원　인: 텍스트 중심의 포털

첸은 이런 과정을 생각해 보니 문제를 제대로 이해할 수 있었고 아이디어를 떠올릴 수 있었다고 했다.

"사실 난 그때까지 영상에 대해 아무것도 몰랐어. 단지 내가 짜증이 난 과정들을 생각해 보았고 만약 보고 싶은 영상을 잘 찾게

도와주면 사람들이 얼마나 좋아할까 하는 생각을 해 본거야. 그랬더니 '동영상들'과 '포털사이트 기능'을 서로 연결시키게 됐고 동영상 전문 포털을 구상하게 된 거야. 이런 아이디어를 바탕으로 누구나 쉽게 동영상을 올리고 서로 공유할 수 있게 사이트를 제대로 제작했고 결국 그것이 바로 2조짜리의 유튜브가 된 거지."

샛별은 첸의 이야기를 가만히 듣고 있다가 이번에도 종이와 펜을 끌어당겼다.

자궁: 동영상을 찾지 못해 짜증난 과정을 보고 쉽게 찾도록 도와주면 사람들이 좋아할 거라는 생각.
만남: 영상물과 포털사이트 기능을 서로 연결하여 조합.
착상: 영상물 공유전문 포털사이트 콘셉트
성장: 누구나 쉽게 동영상을 올리고 서로 간편하게 공유할 수 있게 사이트 기능 구축
아기: 2조짜리 유튜브 창조

스티브 잡스와 스티브 첸이 샛별이 정리한 표를 보고 환한 미소로 말했다.
"오 샛별, 넌 생각의 비밀을 완전히 이해하고 있구나! 생각의 진짜 비밀은 공식과 같아서 누구나 쉽게 활용할 수 있지."

샛별은 세상을 바꾼 위대한 창업가들에게 칭찬을 받으니 날아갈 듯이 기뻤다. 거의 하늘을 붕 떠서 날고 있는 기분이 들 정도였다.

무엇보다 그들의 생각이 엄청나게 어렵거나 특별한 것도 아니란 걸 알게 됐다. 그들의 생각은 누구나 똑같이 복제할 수 있는 평범한 생각의 공식이었다. 단지 어떤 일을 사건으로 보고 전체과정을 파악하면 되는 것이었다. 하나를 보면 숨은 전제들이 드러나고 전제가 드러나면 다시 해결책이 떠오르니 사건 하나에 12가지의 관점이 숨어있었다. 즉, 하나를 보면 열둘을 아는 것이다. 특히나 스티브 잡스나 첸이 크레아티오의 생각공식을 알고 있었다는 사실이 신기하고 놀라웠다.

샛별은 스티브 잡스와 첸에게 '땡큐!'라고 영어로 감사의 인사를 전했다. 그 순간 이상한 일이 벌어졌다. 갑자기 앞에 있던 스티브 잡스와 첸의 얼굴이 하나로 합쳐져 조금씩 크레아티오의 얼굴로 변하기 시작했다.

샛별은 화들짝 눈을 떴다. 크레아티오가 조용히 미소 짓고 있었다. 샛별은 크레아티오와 함께 보내면서 이상한 판타지의 세계에 점점 더 깊이 빠져들고 있다는 생각이 들었다.

전래동화의 숨은 교훈

샛별이 잠자리에 들기 위해 이불 속으로 들어갔다.

크레아티오가 옆에 누워 가만히 속삭였다.

"하늘나라 동화를 들려드릴까요?"

"좋아. 어렸을 때는 잠들 때마다 엄마가 항상 전래동화집을 읽어주셨지."

"하늘나라에서도 마찬가지에요. 엄마 신들도 아기 신들에게 재미있는 신들의 이야기를 들려주지요."

"그래, 그럼 오늘은 크레아티오가 나를 위한 엄마 신이 한 번 돼줄래?"

샛별과 크레아티오가 함께 침대에 나란히 누웠다. 크레아티오는 조용히 이야기를 시작했다.

아버지 프로메테우스가 제우스의 명령에 따라 사람과 동물을 만들 때의 이야기입니다. 프로메테우스가 작업을 끝내자 제우스신이 둘러보고 나서 이렇게 말했답니다.

"프로메테우스! 사람과 동물을 다 만들고 보니 생각을 할 수 있는 사람의 수에 비해 동물의 수가 너무 많은 것 같다."
"그럼 어떻게 할까요?"
"동물을 인간으로 바꾸면 되겠지."

프로메테우스는 제우스의 지시에 따라 동물들을 깨뜨려 다시 사람으로 모양을 바꾸었습니다.
그 결과 처음에 만들었던 사람들은 '생각하는 사람'이 되었고, 나중에 만든 것들은 형상만 같았지 속은 그대로 '짐승 같은 사람'이 되었습니다.

샛별이 킥킥거렸다. 크레아티오는 가만히 샛별에게 물었다.
"혹시 전래동화들의 교훈이 뭔지 아세요?"
"흥부놀부전이나 혹부리영감, 금도끼 은도끼 같은 전래동화?"
"네!"
"그야 뻔하지. '권선징악(勸善懲惡)'이잖아. 악하면 벌을 받고 선하면 상을 받는다는 교훈이지."

"그건 인간의 관점이지요. 하늘나라에선 전혀 다른 교훈이 있어요."

크레아티오의 말에 샛별은 고개를 갸웃할 수밖에 없었다.

"하늘은 전혀 다른 관점의 교훈이 있다고?"

전래동화야 어릴 때부터 수십 번도 더 읽어본 샛별이었다. 하지만 권선징악 말고 다른 교훈이 있을 거라고 한 번도 생각해 본적이 없었다.

"그게 뭔데?"

샛별이 궁금해 하자 크레아티오는 이렇게 대답했다.

"스스로 창조를 설계하면 보물을 얻게 되고 남의 창조를 곁에서 보이는 부분만 따라하면 벌을 받는다."

크레아티오의 말에 샛별은 되물었다.

"그러니까, 보이는 것만 따라하면 벌을 받고 스스로 창조를 하면 상을 받는다, 이런 얘기야?"

"바로 그거에요."

크레아티오는 말을 이어갔다.

"흥부와 놀부 이야기를 생각해 봐요. 흥부가 부자 된 과정은 측은한 마음에 부러진 제비다리를 고쳐준 후 제비가 물어다 준 박 씨를 심어 키웠잖아요."

"그렇지."

"그러나 놀부는 흥부의 비법을 알게 되고 겉으로 보이는 부분만 그대로 따라해 제비다리를 분질러 똑같이 흉내를 냈지요. 결국 놀부는 보물을 얻기는커녕 자기 제물까지 다 빼앗기게 되지요."

샛별은 크레아티오의 이야기를 납득할 수 있었다. 정말 과정으로 생각하니 확실히 놀부는 남의 성공 중 보이는 부분만 따라했다.

"제비가 흥부에게 박 씨를 물어다 준 건 흥부가 다리를 치료해 준, 보이지 않는 마음, 즉 생각주머니가 있었기 때문이지요."

그의 목소리는 마치 어린 아이에게 구연동화를 읽어주는 할머니 같았다.

"금도끼와 은도끼 이야기도 마찬가지예요. 욕심쟁이 나무꾼은 금도끼와 은도끼를 얻은 나무꾼 이야기를 듣고 겉으로 보이는 것만 그대로 따라했죠."

"착한 마음이란 생각주머니를 산신령과 공유하여 산신령의 마음을 움직였지만 욕심쟁이 나무꾼은 놀부처럼 그저 눈에 보이는 모습만 따라해 결국 실패하고 말았어요. 물론 혹부리영감 이야기에서도 같은 교훈을 얻을 수 있지요."

샛별은 혹부리영감과 도깨비 이야기를 떠올렸다.

"욕심쟁이 혹부리영감이 턱에 난 혹을 금은보화로 바꾼 옆집 혹부리영감 이야기를 듣고 보이는 부분만 따라했다가 금은보화는커녕 혹만 하나 더 달고 왔지."

다른 과목은 몰라도 국어나 책에 관한 기억력은 좋은 샛별이 말을 받았다.

"네! 그럼 혹부리 영감 이야기의
보이지 않는 생각주머니에는 뭐가
있었을까요?"

크레아티오는 초롱초롱한 눈으로
샛별을 올려다보았다.

"글쎄? 갑자기 물으니 생각이 안
나는데?"

"노래를 잘 부르는 혹부리영감과 노래를 잘 부르고 싶은 도깨비!
보이지 않는 것에 바로 그 생각주머니가 있었던 거지요. 하지만 욕
심쟁이 혹부리 영감이 만난 도깨비는 이미 혹에서 노래가 나오지
않는다는 사실을 알아버린 거예요. 이미 생각주머니는 사라진 뒤
였지요. 아무리 보이는 부분을 따라 해도 생각주머니가 없으니 서
로 두근두근 통할 수 없게 된 거지요."

겉으로 보이는 건 그저 착한 사람이 복을 받는 이야기였지만 전
체 과정을 꼼꼼히 따져 생각해 보니 정말 전혀 다른 교훈이 숨어
있었다. 실패하거나 벌을 받는 이들은 모두 성공한 캐릭터로부터
겉으로 보이는 것만 따라하려 한 게 틀림없었다. 샛별은 정말 그렇
다고 느꼈다.

샛별은 뭔가 생각이 난 듯 무의식적으로 스마트 폰 메모 창을
열었다. 그리고는 다음과 같이 정리표를 하나하나 채워 나갔다.

〈전래동화의 교훈〉				
흥부: 착한 마음,	제비다리 고침	박씨	금은보화	부자
놀부: ×	제비다리 고침	박씨	도깨비	망함
나무꾼: 정직,	물에 빠진 도끼	산신령과 반응	모든 도끼 선물	부자
따라쟁이 나무꾼: ×	물에 빠진 도끼	산신령과 반응	도끼 안 줌	도끼 잃음
혹부리영감: 멋진 노래혹,	도깨비와 반응	교환	금은보화	부자
욕심쟁이영감 : ×	도깨비와 반응	혹 하나 더	혹 두 개 영감	두 혹부리 영감

한참 후 샛별은 크레아티오에게 자신의 메모를 보여주었다. 크레아티오는 스마트 폰 창을 본 뒤 "보물은 절대 하늘에서 뚝하고 떨어지지 않는다"고 속삭였다.

샛별은 생각했다.

'보이지 않는 곳에 진짜 비밀이 숨어있구나.'

샛별은 크레아티오가 말하는 전래동화의 숨어있던 교훈에 대해 완전히 이해할 수 있었다.

레오나르도 다빈치의 창조적 자기소개서

띠리리리리링-!

주말 오후 거실 소파에 앉아 뒹굴 거리던 샛별의 스마트 폰이 울렸다. 민진이었다.

"어, 민진. 잘 지내지?"

"너, 구립도서관에서 작가 교실이 열린다는 소식 들었어?"

작가 교실. 샛별의 장래희망이 작가라는 걸 민진은 잘 알고 있었다.

"진짜?"

샛별이 반겼다.

"응. 이번 작가교실 강사님은 드라마작가면서 판타지 소설가라더라. 네가 관심 있을 거 같아서. 모집 창 주소 톡에 찍어줄게 확인해 봐."

"알았어! 고마워."

핸드폰을 몇 번 만지작거리니 금세 민진이 보낸 메시지가 도착했다. 주소를 누르니 바로 수강료와 일정, 강사 선생님을 소개하는 글이 나왔다. 샛별이 읽어본 적 있는 소설책을 낸 작가였다.

샛별은 곧바로 안방으로 갔다. 아빠는 노트북을 이용해 연구 작업을 하고 계셨다.

"아빠!"

"무슨 일 있니?"

"이번에 구립도서관에서 작가 교실이 열리는데 신청해도 돼요?"

아빠는 고민도 않고 고개를 끄덕였다.

"당연하지, 네가 다니고 싶어 하던 강좌잖아."

샛별은 아빠 노트북을 빼앗듯이 당겨 홈페이지 주소를 옮겨 쳤다. 금방 작가 교실 수강생을 모집창이 떴다.

"여기 수강신청 버튼이 따로 있네?"

아빠가 가리키는 대로 샛별은 수강신청 버튼을 눌렀다.

작가 교실 수강생 신청코너에 접속하자 이름, 나이, 핸드폰 번호 등의 개인정보를 적고 다음 화면으로 가는 버튼을 누르니 의외의 페이지가 떴다.

"자기소개서 작성란?"

"수강생 자기소개서!"

내용 제한은 없었다.

"아, 나를 소개한다……."

샛별은 살짝 고민스러웠다. 사실 자기소개서라는 걸 지금까지 한 번도 제대로 써본 적이 없었기 때문이었다. 그렇다고 작가가 되고 싶은 사람이 글쓰기를 두려워할 수는 없는 노릇, 더구나 강사 선생님이 상당히 좋아하는 작가님이었기 때문에 포기할 수도 없었다.

샛별이 노트북 앞자리에 차고앉아 일단 학교와 학년, 반을 써넣었다. 잠시 망설이다 그동안 샛별이 수상한 글짓기 공모전들의 수상실적도 모두 소개했다. 그리곤 딱히 쓸 것이 없었다. 뭘 더 써야 하지? 고민에 빠진 샛별 옆에서 아빠가 그럴 줄 알았다는 듯 씩 한 번 웃음을 지었다.

"자기소개서 쓰기가 쉽지 않지?"

"네, 막상 쓰려니 뭘 어떻게 써야 할지 모르겠어요."

아빠는 고개를 끄덕이면서 노트북 화면의 〈작가 교실〉이라 쓰인 제목에 손가락을 톡톡 두드렸다.

"자, 생각해 봐. 사람들은 단순히 자신을 소개하는 게 자기소개라고 생각해. 하지만, 사실은 이 작가교실에 꼭 필요한 수강생인지를 설득하는 게 바로 자기소개서지."

"나를 소개하는 게 아니라. 이 작가교실에 꼭 필요한 수강생임을 소개하는 것이요?"

샛별은 갸웃했다.

"맞아, 그건 완전히 다른 거야. 예를 들어 볼까? 창의성의 천재 레오나르도 다빈치의 자기소개서를 보여줄게."

아빠는 노트북 검색 창에 레오나르도 다빈치의 자기소개서를 검색한 후 샛별에게 한 번 읽어보라고 권했다.

[1482년 밀라노 군주였던 루도비코 스포르차에게 보낸 레오나르도 다빈치의 자기소개서]

이루 말할 나위 없이 빛나는 존재이신 각하, 자칭 거장이요 전쟁 무기의 발명가라고 일컫는 자들의 제반 보고서를 면밀히 검토해 본 결과, 그들의 발명품과 소위 기구라는 것들이 흔히 쓰이는 물건들과 모든 면에서 크게 다를 바 없음을 알게 되었으므로, 다른 사람에 대한 편견 없이 용기를 내어 저만의 비밀을 각하께 알려드리려고 합니다.

각하께서 편하신 시간 언제라도 다음에 기록한 일부 사항들을 직접 보여드릴 수 있기를 간곡히 부탁드립니다.

1) 저는 물건을 쉽게 운반할 수 있는 매우 가볍고 튼튼한 기구의 제작 계획안을 갖고 있습니다.

…중략…

12) 더욱이 저는 청동 기마상을 만들고 싶습니다. 이 기마상은 각하의 아버님이신 황태자님과 명예롭고 훌륭한 스포르차 가문을 영원토록 추억하게 할 기념물이 될 것입니다.

위에서 말씀드린 사항 중에서 의심이 가거나 실용적이지 않다고 생각하는 내용이 있다면, 각하의 공원이나 각하가 원하시는 어느 장소에서든 제가 직접 시험해 보여드릴 수 있습니다. 이루 말할 수 없는 겸허한 마음으로 각하께 제 자신을 추천하는 바입니다.

레오나르도 다빈치의 자기소개서. 그것도 아빠가 하도 자신만만하게 보여주기에 뭔가 특별할 줄 알았던 샛별은 기대와는 달리 의외로 평범한 글이라고 생각했다.

"이건 그냥 자기를 소개하는 글이잖아요."

아빠는 '과연 그럴까?' 하고 손가락을 딱하고 튕겼다.

"우선 다빈치의 자기 소개서에서 체크해야 할 것이 있어."

"그게 뭔데요?"

"다빈치는 유명한 화가이자 예술가였잖아. 그런데 왜 자기소개서에는 전쟁에 필요한 도구들의 유능한 발명가임을 강조하며 자기를 소개하고 있는 걸까? 좀 이상하지 않아?"

"아빠의 이야기를 듣고 보니 정말 그러네요. 왜 자기를 유명한 화가로 소개하지 않았을까요?"

아빠는 잠시 생각을 모은 후 이렇게 말했다.

"당시 레오나르도 다빈치는 자신의 주 무기였던 화가로서의 재능보다 자신을 뽑아줄 군인가문의 통치자 스포르차 공작이 가려 뽑을 수 있도록 자기 소개서를 작성했기 때문이야."

아빠는 좀 더 자세하게 설명을 했다.

"다빈치는 자기소개서를 쓰려고 자신을 선발해 줄 루도비코 스포르차를 충분히 연구했다는 말이지. 그가 어떤 인물이고 어떤 인재를 좋아하고 어떤 사람을 필요로 하는지 정말 깊이 생각했을 거야. 보이지 않는 곳에서. 그래서 단순히 자신을 소개한 것이 아니라 자신을 뽑아줄 상대방의 관심이 있는 것에 맞춰 자신의 능력을 소개한 거야!"

샛별은 이제야 아빠가 무엇을 말하려는지 이해했다.

결국 자기소개서는 단순히 '내 소개'가 아니라 '같은 생각주머니 안에 지원하는 자신과 뽑는 사람의 연결고리'를 찾아 쓰는 글이란 이야기였다.

샛별은 처음 막연했던 '자기소개서'가 이제야 어떤 기능인지 감이 왔다. 작가교실이라는 생각주머니에 작가 선생님과 샛별이 두근두근 반응할 수 있는 주제를 정해 글을 표현하는 것이 바로 가장 창의적인 '자기소개서'였다.

샛별은 내가 작가선생님이라면 어떤 수강생을 뽑아서 잘 가르치고 싶을까를 깊이 생각해 보았다. 그런 후 몇 가지 항목을 구분해 편하게 글을 써 내려가기 시작했다.

샛별은 판타지 소설을 읽고 쓴 지 벌써 4년이 넘었다. 웹소설 사이트에 여러 편을 연재했고 공모전에 투고도 많이 했다. 글쓰기에 수상한 경력과 글쓰기에 대한 관심과 열정에 대해서도 솔직하게 정리했다.

샛별은 자신을 이렇게 소개한 후 작가교실에 꼭 참여하고 싶은 지원동기와 목표도 썼다. 오래 글을 써왔지만 아직 소설쓰기를 체계적으로 배운 적이 없다고. 그래서 이번에 전문적인 글쓰기 방법을 배우면 훌륭한 작가가 될 수 있는 기반을 닦을 수 있을 것이라고 적었다.

이번 작가교실에 참여하면 빠지지 않고 정말 열심히 배워 다음 판타지 소설에선 1만 명 이상의 팬을 꼭 확보해 보고 싶다는 포부까지 곁들였다.

처음엔 자기소개서를 '자기소개'로 생각하니 쓰기가 어렵고 막막했다. 그런데 이 작가교실에 꼭 필요한 수강생을 가려 뽑을 수 있도록 나를 소개하는 글이 자기소개서라고 생각하니 글쓰기가 하나도 어렵지 않았다. 뭘 써야 할지 아이디어도 막 솟았다.

아빠는 샛별이 쓴 자기소개서를 살펴보고는 '참가하고 싶은 명확한 동기와 열정, 목표가 잘 드러난다'고 칭찬해 주셨다. 자신 있게 글을 완성한 샛별은 오탈자를 한 번 점검한 뒤 망설이지 않고 바로 전송 버튼을 눌렀다.

3장
생각 천재들의 아이디어 발상법

무인도에서 불 피우기

"누나, 이거 알아?"

지우가 이번엔 또 무엇에 꽂혔는지 호들갑을 떨며 쏜살 같이 거실로 달려왔다.

유튜브를 보다 필 받은 지우의 퀴즈가 시작됐다.

"내 이야기 좀 들어봐."

어린이 모험단이 바다에서 폭풍을 만나 표류를 하게 됐어. 무인도에 무사히 도착한 어린이들은 생존하기 위해 가장 먼저 불을 피우려고 했겠지. 그런데 아무도 불을 어떻게 피워야 할지 몰랐어. 학교에서 배운 과학 지식과 상식을 더듬어 좋은 아이디어를 찾아내려 했지.

미영이 생각: 우린 성냥도 없고 라이터도 없잖아. 산불이 날 때까지 기다려 보자!

길수 생각: 나무껍질과 막대기를 마찰시켜 열심히 비비면 그 마찰열로 불씨를 만들 수 있을 거야.

"누나는 과연 누구 생각이 가장 좋다고 생각해?"

지우는 자신이 무인도에 갇힌 아이라도 되는 듯 사뭇 진지한 표정으로 문제를 냈다.

"당연히 길수 생각이 맞겠지."

샛별은 별 생각 없이 대답했다.

"하하, 땡! 틀렸어."

"왜?"

"사실은 예시가 하나 더 있지롱."

영철 생각: 우선 공기주머니를 만들어야 해. 공기가 잘 통하게 공간을 만든 후 나무껍질과 막대를 마찰되게 비비면 불씨를 만들 수 있어. 열심히 비비면 불씨가 꼭 생길 거야.

"이건 사기지. 불을 붙이려면 가장 먼저 산소통로를 만들어줘야 하는 건 아주 상식이라고"

샛별은 아차~ 했지만, 실수를 만회하려는 듯 불을 붙이는 창조의 과정을 지우에게 자세히 설명했다. 샛별은 어느새 불의 창조 순서를 머릿속에 그리고 있었다. "불이 만들어지는 필수요소는 3가지야. 산소와 발화원, 그리고 불이 붙을 수 있는 재료가 반드시 있어야 해. 하지만 그 재료는 이 집에도 있지. 그렇다고 무조건 불이 나는 건 아니잖아. 반드시 공기가 가득한 공간에 발화원과 불이 붙는 재료가 들어와 하나로 연결 될 때 불이 딱 붙는 거니까."

그렇게 말하고 나니 머릿속에 불이 나는 전체 과정이 죽 그려졌다.

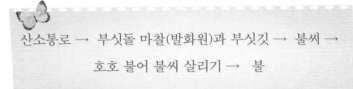

산소통로 → 부싯돌 마찰(발화원)과 부싯깃 → 불씨 →
호호 불어 불씨 살리기 → 불

"여기저기 불을 만드는 요소가 있다고 다 불이 생기는 것도 아니고 무작정 마찰만 시킨다고 불이 잘 붙는 것도 아니야. 먼저 충분히 산소가 공급되도록 통로를 만든 후 마찰의 순간과 부싯깃을 하나의 과정으로 딱 일치시켜야 불씨가 창조되는 거지. 그러니 영철이의 생각이 가장 현명하다고 볼 수 있겠지."

"오, 대단한데? 누나의 말이 유튜브에서 소개된 무인도 생존전략의 불 피우기 내용과 완전히 같아."

지우는 샛별에게 '엄지 척'을 날렸다.

"이 정도야 누나한텐 완전 껌이지!"

샛별은 동생 지우에게 칭찬받으니 어깨가 으쓱해졌다. 진짜 자신이 좀 똑똑해진 거 같았다.

샛별은 과학의 원리 역시 생각주머니 안에 두근두근 만남이 있고 싹이 터 쑥쑥 자라면 새로운 것이 만들어진다는 창조과정의 원리가 그대로 적용된다는 확신을 얻었다. 아기 창조와 불의 창조 과정은 분명 같았다.

비빔밥 이야기

"오늘 점심은 비빔밥 어때요?"

크레아티오가 손으로 비비는 시늉을 했다.

"비빔밥?"

"네, 그런데 비빔밥을 만들어 본 적 있어요?"

"글쎄, 내가 비빔밥을 만들 본 적이 있나? 만들어본 기억이 안 나네!"

샛별은 비빔밥을 직접 만들어 본 기억은 없었다. 크레아티오가 고개를 끄덕이며 재차 물었다.

"그래도 비빔밥 만드는 법은 알고 있죠?"

크레아티오는 진짜 언제나 너무나 당당했다. 샛별이 고개를 끄덕이고는 잠시 고민했다. 만드는 방법이야 잘 알았다. 비빔밥을 가장 좋아하시는 아빠는 일주일에 몇 번씩 비빔밥을 만들어 드시곤 했으니까.

샛별은 비빔밥 레시피를 말했다.

"재료를 사서, 볶을 건 볶고 지질 건 지지고 자를 건 잘라서 왕푼이 그릇에 밥이랑 고추장을 섞어 비빈다? 그 후에 참기름을 좀 넣고 취향에 맞게 계란이나, 여러 가지 많은 재료들을 더 넣어도 되고. 아, 참. 그거 알아? 비빔밥은 젓가락으로 비벼 섞는 거래. 숟가락이 아니라. 그런데 어떤 비빔밥을 만들까?"

"색다른 비빔밥을 만들려면 고추장과 색다른 재료를 잘 섞어보면 되겠네요."

크레아티오가 말했다.

샛별은 "고추장과 콩나물을 섞으면?" 하자, 크레아티오는 "콩나물 비빔밥"이라고 답했다.

"고추장에 해초를 섞으면?"

"해초 비빔밥."

"고추장에 육회를 넣으면?"

"육회 비빔밥."

"고추장에 회를 비비면?"

"회 비빔밥."

"고추장에 파릇파릇 새싹을 넣으면?"

"새싹 비빔밥."

"고추장에 여러 가지 산나물을 비비면?"

"산채 비빔밥."

샛별이 물으면 크레아티오가 대답하며 노래장단을 맞추듯 주거니 받거니 했다.

"와…… 정말 많네. 그렇다면?"

크레아티오가 입맛을 다셨다.

여러 가지 종류의 비빔밥을 상상하다보니 모두 먹어보고 싶다는 생각이 들었다.

크레아티오가 차분히 말했다.

"세상의 모든 창조는 비빔밥의 창조 원리와 똑같아요! 생각 주머니인 빈 그릇을 준비한다! 다양한 비빔밥 재료들은 다양한 생각! 재료를 그릇에 넣는다! 섞는 도구인 수저는 즐거운 집중력! 서로 다른 것의 연결, 섞임은 두근두근!"

이렇게 말하며 크레아티오는 검지로 머리를 톡톡 쳤다.

"뭐, 기똥찬 아이디어도 마찬가지지요."

"비빔밥 만들듯이 아이디어를 찾으라는 이야기지?"

샛별이 고개를 끄덕였다.

"맞아요. 생각주머니를 준비 한 후 따로 따로 있던 다양한 정보들이 서로 연결시키고 섞는 거예요. 우리 뇌 속에 계속해서 과거정보, 현재정보, 미래정보가 쌓이면 특별한 비빔밥이 나오는 것처럼 기똥찬 아이디어가 만들어지는 거지요."

샛별과 크레아티오는 호호, 깔깔거리며 냉장고에 있는 여러 나물반찬과 채소, 오징어젓갈 등을 모두 꺼내 이름도 못 붙일 정도로 잡탕 비빔밥을 비벼 맛있게 나눠 먹었다. 남이 보면 친한 자매가 양푼이 그릇을 앞에 놓고 턱에 밥풀을 묻혀가며 사이좋게 비빔밥을 먹는 줄 알았을 것이다.

창조적 아이디어 발상법

걱정거리가 하나 생겼다. 내일은 세 번째 창의교실 수업. 샛별은 아직 마음에 드는 아이디어를 찾지 못했다. 이리저리 궁리를 하다가 샛별은 지난 번 수업에서 강사님께서 소개해 주신 다양한 아이디어 성공 사례가 정리된 프린트 종이를 다시 꺼냈다. 아이디어 공모전에 수상해 8천만 원을 번 15살 미국 소년의 기사가 가장 눈에 띄었다. 췌장암을 조기에 발견할 수 있는 기술을 불과 15세밖에 안된 소년이 개발했다.

"미국 고등학교 2학년생인 잭 안드라카는 몇 년 전 췌장암을 조기에 발견할 수 있다는 아이디어를 내어 세계 최대 과학경진대회에서 우리 돈으로 8천만 원이 넘는 수상금과 최고상을 탔다. 친했던 삼촌이 췌장암에 걸려 돌아가시자 췌장암에 관심을 가졌고 다양한 인터넷 자료를 정리하던 중 우연히 생물시간에 선생님이 단백질에 대한 설명을 하는 순간 문득 두 정보가 서로 연결되면서 머릿속에 췌장암을 진단할 수 있는 간단한 원리를 떠올렸다."

샛별은 '이 학생도 어떤 생각주머니에 두근두근 정보를 서로 연결시켰구나' 하는 생각을 했다. 실제로 창조과정에 맞춰 연습장에 다음과 같이 잭 안드라카의 아이디어 발상과정을 정리 해 보았다.

친한 삼촌의 췌장암 죽음으로 췌장암에 대한 생각주머니가 생김 → 구글 인터넷에서 췌장암의 진단 원리와 문제 공부 + 생물시간 수업 중 선생님의 단백질 작용 설명 → 췌장암 조기진단 아이디어 → 아이디어 가능성 연구 실험, 많은 사람들의 도움 → 값싼 췌장암 진단키트 개발 → 공모전에서 수상 시상금 8천만 원

샛별은 끝부분에 소개된 상금 8천만 원에 자꾸 눈길이 갔다.

"평생 외식해도 돈이 안 모자라겠네. 나같이 한참 먹을 나이엔 8천만 원이란 돈이 모두 8천만 원어치의 먹을 걸로 보여."

샛별이 입맛을 다시며 중얼거렸다. 크레아티오가 샛별 옆으로 바싹 다가와서 말했다.

"돈 많이 벌고 싶어요?"

"돈? 하하 많이 벌면 좋지. 맛있는 거 다 사먹게."

"돈을 못 벌어 지금 고민하고 있는 거예요?"

"아니, 그건 아니고. 사실 내일 창의교실에서 색다른 손목시계 아이디어를 발표해야 하는데 며칠째 사례를 연구하고 있지만 좋은 아이디어가 안 떠오르네."

"색다른 손목시계 아이디어요?"

"기존에 없는 시계를 상상해야 하거든!"

크레아티오는 가만히 생각하더니 샛별에게 질문 하나를 던졌다.

"그럼 지금 흔히 볼 수 있는 손목시계는 어떤 과정으로 창조되었을까요?"

샛별은 대답 대신 연습장에 평범한 손목시계를 그려보았다. 그리곤 시계그림 위에 연필을 톡톡 두드렸다.

"음. 손목시계가 만들어지는 과정으로 생각해 보면 가장 먼저 간편하게 시간을 알고 싶다는 생각주머니가 있었겠지."

크레아티오는 샛별이 그린 손목시계 그림 앞쪽엔 동그라미 하나를 그리며 말했다.

"그러니까 시간이란 생각주머니에 손목과 시간표시 기능을 조합해 이런 손목시계가 발명된 거네요."

샛별이 크레아티오의 이야기를 듣고 고개를 끄덕였다.

"아, 문제를 정확하게 이해하라는 거군. 무조건 색다른 손목시계를 찾기 위해 고민하기보다 우선은 손목시계가 만들어지는 전체과정을 생각해 보라는 거잖아!"

크레아티오가 하이파이브를 청했다. 짝, 찰진 소리를 내며 부딪친 손바닥이 조금 빨개졌다.

"창조의 과정을 생각하면 문제를 좀 더 쉽게 해결할 수 있어요. 생각주머니를 바꾸고 두근두근 연결을 바꾸거나 새싹이나 쑥쑥, 창조결과를 다르게 하면 새로운 아이디어를 금방 찾을 수 있기 때문입니다."

샛별은 스마트 폰 메모 창에 다음과 같은 단어들을 기록해 두었다.

첫째, '생각주머니'를 다르게 바꾸면?
둘째, '두근두근 만남'을 다르게 바꾸면?
셋째, '새싹'을 다르게 바꾸면?
넷째, '쑥쑥'을 다르게 바꾸면?
다섯째, '결과'를 다르게 바꾸면?

"가장 먼저 생각주머니를 바꾸어보면 완전히 다른 창조결과가 나온다."

지금 크레아티오는 그걸 설명하고 있었다. 무엇이든 창조가 이루어지는 과정을 관찰하고 호기심을 가지면 기발한 생각을 할 수 있다는 크레아티오의 말. 이제 샛별도 충분히 이해할 것 같았다.

샛별은 메모한 내용을 바탕으로 시계가 만들어지는 창조 과정을 다시 한 번 생각한 후 연습장에 다음과 같이 적어보았다.

시계 생각주머니 → 손목 + 시간정보 →
편리 → 신속 → 손목시계

샛별은 기존과 다른 시계를 구상하기 위해 맨 처음 시작되는 '시계 생각주머니'를 다르게 바꿔보기로 했다.

시계 생각주머니 ⇒ 건강 체크 시계 생각주머니로 바꿔보면?
시계 생각주머니 ⇒ 증강현실 길안내 시계 생각주머니로 바꿔보면?

새로운 생각주머니로 바꾸어 보겠다는 상상을 하자 의외로 재미있는 아이디어가 쉽게 떠올랐다. 그저 기존의 생각주머니를 다르게 바꾼 후 거기에 맞는 다른 기능을 서로 연결시켜보았을 뿐인데 말이다.

샛별은 내일 발표할 아이디어들을 꼼꼼하게 정리해 나갔다.

색다른 시계 아이디어 발표 시간

세 번째 창의교실 수업시간이 돌아왔다. 학생들의 표정은 밝았다. 샛별은 살짝 긴장했지만 자신 있었다. 이번에는 수업을 듣는 학생들이 한 사람씩 교탁 앞에 나가 자신의 아이디어를 발표하기로 했다.

학생들은 정말 적극적이었다. 종이에 아이디어를 스케치해 온 친구도 있었고, 모형을 들고 온 학생도 있었다. 칠판에 아이디어를 그려 소개하는 친구들도 있었다.

아이디어도 다양했다. 웃기는 아이디어, 재미있는 아이디어, 엉뚱한 아이디어도 나왔다. 물론 샛별이 생각하기에 썩 괜찮은 아이디어들도 몇 개 눈에 띄었다.

"이번에는 지난번 뱀 퀴즈를 맞힌 샛별 학생의 발표를 들어볼까요?"

드디어 샛별 차례. 강사님이 샛별 이름을 불러줄 때 살짝 긴장이 됐다. 부끄럼이 많아 남 앞에 잘 나서는 성격은 아니지만 이번에도 샛별은 자신 있었다. 숨을 깊이 들이쉬고 '할 수 있어'라고 서너 번 읊조리며 천천히 교탁 앞으로 걸어갔다.

"제가 생각한 아이디어는 모두 2가지입니다."

샛별은 교실 안을 한번 훑어보며 친구들과 눈을 마주쳤다. 샛별은 다시 한 번 심호흡을 한 후 본격적인 발표를 시작했다.

"작년에 외할아버지께서 심부전증으로 돌아가셨는데요, 그래서 생각한 게 바로 건강시계입니다. 맥박을 체크할 수 있는 기능을 시계에 결합시킨다면 건강 체크 알람시계를 만들 수 있습니다. 그럼 외할아버지처럼 건강이 안 좋은 분들에게 큰 도움이 될 거라고 생각했습니다."

샛별은 건강 체크 관리기능이 장착된 손목시계의 원리를 좀 더 자세하게 설명했다.

"두 번째 아이디어인 증강현실 기능을 결합시킨 어린이 길찾기 시계입니다."

샛별은 증강현실 시계의 모습을 칠판에 그렸다.

"증강현실이란 현실의 이미지나 배경에 3차원 가상 이미지를 겹쳐서 하나의 영상으로 보여주는 거예요. 동화책을 펼치면 공룡이 정말 살아있는 것처럼요. 저는 방향치라 어릴 때부터 길을 잃어버린 적이 몇 번 있었는데요, 그래서 시계에서 나오는 증강현실 기능을 통해 초등학생 어린이들도 쉽게 길을 찾도록 증강현실 지도시계를 만들면 좋겠다는 생각을 했습니다."

샛별의 발표를 끝나자, 친구들이 휘파람을 불며 박수를 쳐 주었다. 그제야 샛별의 긴장이 풀렸다.

"모두 재미있고 신선한 아이디어네요. 샛별 학생, 이번에도 발표를 아주 잘했어요."

강사님도 칭찬을 해 주셨다. 샛별은 속으로 '나이스'를 외치며 자리에 돌아와 앉았다. 공교롭게도 다음 순서는 정아였다. 정아는 교탁 앞으로 나와 발표를 시작했다.

"저도 두 가지 아이디어를 생각해 보았는데 먼저 소개할 것은 맹인용 시계입니다."

정아는 앞이 잘 안 보여 이곳저곳에 부딪치다 보니 온 몸에 멍이 많이 생기는 맹인들의 안타까운 이야기를 듣고 떠오른 아이디어라고 설명을 했다. 오른손엔 지팡이를 든 맹인이 왼손에 사물감지 인식기능이 있는 시계를 차면 도움이 될 거라는 생각에서 아이디어를 떠올렸다는 것이다.

이외에 정아는 열쇠기능을 가진 자동키 시계도 소개했다. 각종 열쇠나 잠금장치 기능을 아예 시계에 장착해 문이 자동으로 열리는 열쇠기능이 있는 손목시계였다. 특히 양손에 물건을 들고 있어 문을 열기가 정말 힘이들 때 유용할 거라고 말했다.

이번에도 친구들은 우레와 같은 박수를 쳐주었다. 샛별도 박수를 쳐주었다. 정아의 아이디어 역시 꽤 좋았다고 생각했다. 강사님도 칭찬했다.

"좋은 아이디어였어요. 잘했습니다, 정아 학생."

드디어 발표가 모두 끝났다. 심사결과 샛별과 정아가 함께 아이디어 우수 발표자로 공동 선정됐다. 우리는 초코파이 2개씩과 음료수를 각각 경품으로 받았다. 강사님은 창의교실의 마지막 미션을 소개해 주셨다.

"지금 학교에서 홍보영상물 UCC공모전을 진행하는 건 다들 잘 아시죠? 우리 창의교실 수업반 학생들은 모두 2명씩 짝을 구성해 꼭 참여해야 합니다. 교장선생님의 특별한 당부도 있었거든요. 창의교실에서 참여한 팀들에서 수상자가 많이 나왔으면 좋겠어요. 그래야 창의교실이 다음 학기에도 개설될 것 같아요. 1차 예선을 통과한 친구들에게는 선생님이 준비한 푸짐한 선물과 상장을 줄 거예요. 모두들 잘 할 수 있겠죠?"

"네. 강사님 걱정 마세요!"

학생들이 힘차게 대답했다.

수업이 끝난 뒤 교실을 나서는데 뒤에서 누군가 부르는 소리가 들렸다.

"샛별 학생! 정아 학생!"

뒤를 돌아보니 강사님이었다. 샛별뿐만 아니라 정아도 동그래진 눈으로 강사님을 보았다.

"네!"

샛별과 정아가 멈춰 서자마자 강사님이 특별한 제안을 하셨다.

"아, 오늘 샛별 학생과 정아 학생의 발표와 아이디어가 너무 좋았어. 혹시 두 사람이 한 팀이 돼 이번 학교홍보영상 공모전에 도전해 보면 어떨까?"

샛별의 표정이 살짝 굳어졌다. 강사님이 칭찬해 주신 건 정말 기뻤지만 난데없이 정아와 짝이 돼 한 팀을 하라니. 오늘 샛별과 정아가 함께 우수 발표자로 선정된 게 이런 결과를 가져올 줄은 정말 전혀 예상치 못한 일이었다. 어쩐다?…….

"저……."

샛별이 머뭇거리며 정아를 흘금 쳐다보았다. 정아는 대수롭지 않다는 듯 생글생글 웃으면서 말했다.

"전 좋아요. 영상을 찍고 편집해 본 경험도 몇 번 있으니 멋진 작품 만들어 볼게요."

그리고 정아가 샛별에게 다정하게 속삭였다.

"너도 괜찮지?"

이번엔 강사님이 기대하는 눈으로 샛별을 돌아보았다. 샛별은 구겨지려는 표정을 애써 감췄다. 여기에서 거절한다면 강사님은 분명 자신에게 실망할 것이다. 그것만큼은 절대 안 되지!

"아, 네. 저도 좋아요."

강사님이 환하게 웃었다. 정아도 웃는 낯으로 샛별에게 말했다.

"좋아! 그럼 우리 이제 한 팀이 된 거다."

샛별은 어쨌든 적극적이고 꼼꼼하고 뭐든 예쁘게 꾸밀 줄 아는 정아가 영상작품을 만드는데 도움이 될 거라는 생각은 들었다. 하지만 혹시나 작업을 하면서까지 그놈의 굼벵이 소리를 몇 번이나 더 들을지 걱정이 앞서는 것도 사실이었다.

"기대할게요. 샛별 학생, 정아 학생."

강사님 말에 정아는 활짝 웃었다. 샛별은 도무지 정아의 속내를 알 수가 없었다.

창조를 만드는 융합

오랜만에 주말을 맞아 온 가족들이 시내에 있는 카페에 갔다. 엄마는 플라페 다람쥐커피, 아빠는 건강을 위해 루왁커피. 샛별은 고민하다 복숭아 아이스티를, 지우는 코코아를 시켰다. 주문한 것들이 나오자 샛별이 인상을 구기며 말했다.

"나 완전 망했어!"

"왜?"

엄마가 물었다. 샛별이 별로 좋아하지 않는 정아와 한 팀이 된 일을 자초지종 설명했다. 그 이야기를 진지하게 듣던 아빠가 샛별을 바라보며 조심스럽게 질문했다.

"왜 정아라는 친구가 그렇게 싫지?"

샛별은 아이스티를 길게 빨아 당겼다. 초등학생 5학년 때까지만 해도 샛별은 소설쓰기와 정아가 학교생활의 전부라 해도 과언이 아니었다. 정아는 매력 있는 친구였고 베스트 프렌드였다. 가끔 잘난 척 할 때가 있었지만 그것도 딱히 나쁘게 보이지 않았다.

친구가 잘난 척하는 정도야 박수쳐 줄 수 있고 실제로 정아는 정말 잘났으니까. 예쁘고, 남자들에게 인기도 좋고, 공부도 잘하고. 만들기나 그리기도 잘했다. 여하튼 그래서 샛별은 그런 정아의 절친한 친구가 자신이라는 게 좋았다. 그러다 굼벵이 별명 사건이 벌어졌고 이후 샛별은 정아를 멀리했다고 이야기 했다.

"이제 한 팀으로 공모전에 작품을 만든다니 그냥 옛날 일은 잊고 맘 편하게 만나렴. 별명 부르는 게 정 싫으면 그 별명 부르면 기분 나쁘다고 다시 한 번 말하고."

엄마가 조언했다. 샛별도 물론 잘 알고 있었다. 머리로는 그래야 한다고 생각하는데 마음이 말을 안 들었다.

"샛별아, 지우야."

가만히 듣고 있던 아빠가 문득 샛별과 지우를 불렀다.

"아빠가 퀴즈 몇 개를 낼 게. 더 많이 맞추는 사람에게 카페에서 파는 조각 케이크를 쏜다."

남매가 동시에 외쳤다.

"콜."

"시원시원하군, 좋아! 먼저 동화 문제야."

아빠의 말에 지우의 표정이 일그러졌다.

"그럼 당연히 누나가 다 맞추겠지."

"여러 문제니까 괜찮아. 자, 흥부와 놀부는 사이가 안 좋은 형제 잖아. 이 둘이 친해지려면 어떻게 해야 할까?"

"결말에 흥부가 놀부한테 돈을 나눠줬잖아. 그 이후로 서로 친해진 거 아니에요?"

지우가 먼저 말을 꺼냈다.

"동화의 결말은 가지각색이니까! 힌트를 하나 주지. 정답은 흥부나 놀부에게 있는 게 아니야. 국어 시간에 배우잖아? 소설을 이루는 3요소!"

아빠의 말에 샛별이 냉큼 답변을 내놓았다.

"배경, 인물, 사건."

"그 중 배경에 주목해 봐. 그래도 놀부가 사는 대궐집과 흥부가 사는 초가집은 아닐 거 아냐."

지우가 도통 이해가지 않는다는 표정으로 고개를 갸웃했다. 이해가지 않는 것은 샛별도 마찬가지였다. 아무래도 시간이 많이 걸릴 듯 했다. 아빠가 한 마디 더 보탰다.

"흥부와 놀부가 함께 나오는 이야기 무대가 뭐야? 책 제목 말이야."

샛별이 조금 더 빨랐다.

"흥부전."

"맞아! 바로 흥부전이란 동화야, 하하. 흥부전에 착한 흥부와 심술쟁이 놀부를 꼭 함께 넣어줘야 재미있는 이야기가 만들어지니까."

지우가 뚱한 표정으로 외쳤다.

"에이, 그게 뭐야? 난센스 퀴즈도 아니고!"

"아하하. 그럼 진짜 난센스 퀴즈 하나 낼게! 잘 들어 봐. 개구쟁이이자 쇼맨십의 천왕 지우와 우리 집 실세 권력자 애늙은이 중2병 샛별이 친해지게 만들 아이디어가 있다면?"

샛별이 입을 다물었다. 그 잠깐의 틈새에 지우가 외쳤다.

"지우와 샛별 좌충우돌 남매 이야기!"

"오. 지우 정답! 저 잔머리는 누구도 못 당한다니깐!"

지우는 환호성을 질렀다.

"자, 어쨌든 이제 공평하게 1점씩! 그렇다면 이번엔 좀 어려운 문제를 내주지. 최대 라이벌 관계인 서울프로축구팀 서포터즈와 수원프로축구팀 서포터즈를 서로 친하게 만들려면?"

샛별과 지우가 말없이 음료를 쪽쪽 빨았다. 침묵이 이어지자 아빠가 힌트를 줬다.

"그들이 모두 필요하고 좋아하는 공통분모를 생각해 봐."

힌트 아닌 힌트에도 남매는 요지부동이었다. 정적, 그 끝에 입을 연 것은 샛별이었다.

"공통분모라면?…… 축구 대표팀 경기장? 그럼 다 같은 붉은 악마가 되잖아."

아빠가 두 손을 들어올렸다. 대한~민국! 짝짝짝 짝짝! 샛별과 아빠는 손바닥을 쳐주었다.

"샛별이 정답!"

아빠는 커피를 한 모금 마셨다. 그리고 말을 이었다.

"모든 창조는 연결에서 시작된단다. 그래서 사람들은 자꾸 융합시키려고 해. 하지만 그건 정말 어리석은 짓이야. 억지로 융합시키려고 노력해도 원래 융합이 잘 안 되거든. 왜냐하면 서로 다른 것은 당연히 서로 밀어내려 할 테니깐. 억지로 싫은 친구와 친하게지내라고 하면 너희도 싫잖아? 하지만 생각을 넓혀봐. 반드시 서로다른 것을 함께 넣을 수 있는 주머니가 있을 테니까. 그걸 찾으면저절로 만나고 싶고 융합이 되는 거지. 이게 바로 상상력이 풍부한사람이 창의적인 이유인 거고."

지우가 아빠에 말에 대꾸했다.

"처음 본 아이들이라도 디팡 놀이기구에 올라가면 희한하게 금세 오래된 친구처럼 즐겁게 놀게 되는 것처럼요?"

"오, 그래, 맞아. 그런 것처럼."

샛별은 핸드폰을 들었다. 그것을 만지작거리던 샛별이 메모 창을 열어 다음과 같이 입력했다.

억지로 융합시키려 하지 말고
저절로 만나고 융합되게 하려면
보이지 않는 무대를 발견하라!

그렇게 적고 나니, 정아가 다시 떠올랐다. 뭐, 억지로 친해지려고 하지 말자. 우리는 그냥 학교 영상작품을 만드는 무대 위에 같은 목표를 위해 잠시 서로의 재능을 융합시키려 하는 것뿐이니까. 그래. 정아가 좋으냐 싫으냐가 중요한 게 아니라 좋은 영상을 기획하여 예선을 통과하느냐가 중요하지.

그렇게 생각하니 샛별의 마음이 한결 편해졌다.

이때 아빠가 치즈 케이크 2개를 사서 탁자 위에 올려놓았다. 엄마가 잽싸게 포크를 뻗어 치즈 케이크를 잘라 입 안에 가져갔다. 지우와 샛별이도 뒤질세라 케이크를 잘라 먹었다. 샛별이 아이스티를 한 모금 마셨다.

"입안에선 살살 녹는 케이크와 시원한 아이스티가 저절로 융합이 되는군!"

샛별은 달콤한 맛에 기분도 좋아졌다.

뚝딱 발명왕이 되자!

"밥 먹자."

저녁식사를 위해 가족 모두 식탁에 둘러 모였다. 오늘은 샛별이 가장 좋아하는 불고기도 있고 볶음 김치도 있었다. 샛별이 젓가락을 들고 불고기와 볶음 김치를 번갈아 빠르게 집어먹었다.

"아, 오늘은 내가 좋아하는 반찬들이군!"

샛별이 반찬들을 입에 넣자마자 기다렸다는 듯 지우가 말했다.

"살쪄. 누나 똥배 엄청 나온 거 알아?"

"난 아무리 많이 먹어도 똥배 안 나오거든!"

"모순이야!"

"웬 개뼈다귀 같은 소리?"

"오늘 한자쓰기 방학숙제에서 '모순(矛盾)'이라 단어가 나왔는데,

이게 앞뒤가 안 맞는다는 뜻이래. 창 '모'에 방패 '순' 자라고, 모순에 얽힌 생활 속의 사례를 적어야 하는데 방금 누나가 말한 거 숙제 할 때 쓰면 안 돼?"

지우가 농담인지 진담인지 분간도 안 되게 말했다.

"내 똥배 이야기 쓰면 아주 그냥 죽는다~"

샛별은 주먹을 쥐어 지우에게 내 보였다.

"에이 그럼, 누나가 모순에 대한 다른 좋은 사례 하나 좀 알려 주던가?"

지우가 불고기를 집어먹었다.

"지우 너도 두루두루 독서를 많이 해. 그래야 나중에 취업할 수 있어, 안 그럼 백수 돼!"

지우가 씩 한 번 웃더니 '걱정 마! 그건 내가 알아서 할 게'라며 맛있게 밥을 먹었다.

샛별은 지우를 보며 '모순'이란 단어가 생겨난 진짜 이야기를 조곤조곤 들려줬다.

옛날 방패와 창을 파는 상인이 있었어.

상인이 방패를 들고 "이 방패는 너무 튼튼하여 어떤 창으로도 뚫을 수 없습니다!"라고 선전하면서 눈길을 끌었어.

그 후에는 창을 들고 "이 창은 너무나 예리하여 어떤 방패도 다 뚫을 수 있습니다!"라고 했어. 그렇게 선전하니까 어떤 청년이 상인의 말에 이렇게 물었어.

"그럼 그 창으로 그 방패를 뚫으면 어찌됩니까?"하고.

"그래서 창과 방패가 합쳐진 '모순'이란 단어는 한쪽이 맞으면 다른 쪽이 반드시 틀리게 되는 말이 안 되는 소리라는 뜻이 붙었지."

지우가 호기심 가득한 표정을 지었다. 샛별은 숟가락을 열심히 움직여 불고기를 떠먹었다. 그리고 말을 이었다.

"이 말이 맞으면 무조건 저 말이 틀리고 대신 저 말이 맞으면 이 말은 틀리게 되는 관계를 그래서 모순 관계라고 해."

아무렇지 않은 척 덧댄 샛별이 살짝 후회했다. 지우가 무슨 말인지 이해 못 하면 어쩌지? 하지만 지우의 반응은 오히려 반대였다.

"1학기 과학시간에 들었는데, 대부분의 발명품들은 이런 모순관계를 해결한 경우래. 과학 선생님이 스무 살 때 유리문에 손톱이 끼여 시꺼멓게 죽더니 아예 빠져버린 경험이 있다고 하셨어, 정말 얼마나 아픈지 한 일주일 정도 잠을 못 잘 정도였대."

잠자코 샛별과 지우가 하는 냥을 보고 있던 아빠가 한 마디 건넸다.

"손톱이 깨지면 정말 아픈데……. 괜찮으셨대?"

"다행히 손톱 뿌리는 살아 다시 자랐다고 하시더라고요. 손가락도 직접 보여주셨어요. 그러면서, 출입문은 딱딱해야 문 구실을 하는데 선생님처럼 손가락이 끼여 심하게 다치는 경우도 있다고 이게 문제라고 하시더라고요."

지우의 말에 샛별은 문득 떠오르는 어릴 적 기억을 회상했다.

"아, 나도 어렸을 때 친구 집에 놀러갔다가 손가락 끼인 적 있어. 약하게 끼인 거라서 큰 상처는 없었지만 그 때는 진짜 아파서 밤에 잠을 못 잘 정도였어."

"응. 그래서 선생님은 출입문 역할을 하려면 딱딱한 재질이어야 하고 닫히는 부분에서 손가락이 끼여 안 다치게 하려면 부드러운 재질이어야 하는데 이 모순관계를 막기 위한 해결책을 우리에게 물어보시더라고."

샛별이 눈을 반짝였다.

"그래서, 맞췄어?"

"어, 맞췄어. 물론 내가 아니라 우리 회장이. 하하"

엄마와 아빠, 샛별이 단체로 아쉬운 신음을 토해냈다. 지우가 투덜거렸다. 배운 적도 없는데 어떻게 아냐고.

"꼭 배워야 아냐?"

"당연하지. 난 그래!"

"그런데 회장이 뭐라 대답했어?"

엄마가 물었다.

"회장은 이상한 유리문을 본 적이 있다며, 손가락이 낄 수 있는 부분은 고무패킹으로 처리했다고 대답했지."

샛별이 고개를 주억거렸다.

"그럼, 이 과학시간 이야기를 쓰면 되겠네!

지우는 짓궂게 웃으며 '원래 그러려고 했어' 했다.

샛별은 '어이구' 하며 지우의 이마에 꿀밤을 살짝 매겼다.

"그럼 지우야."

샛별이 지우를 불렀다.

"이 퀴즈를 한 번 맞춰봐."

"엉? 좋아."

지우가 호기심 넘치는 시선으로 샛별을 바라보았다.

"이제 창과 방패의 이야기를 들었으니까, 이 창과 방패의 모순 문제를 정말 어떻게 해결할 수 있을까?"

샛별이 눈을 깜박였다.

지우는 금세 의기소침해졌다.

"아, 그건 나 같은 초등학생이 해결할 수 없을 것 같은데."

샛별이 고개를 끄덕이다가 다음과 같이 '모순'을 풀어 설명했다.

"창과 방패를 모두 한 사람에게 팔든지, 창과 방패를 따로 떼어서 창은 서울에서 팔고 방패는 서로 볼 일 없는 아주 먼 부산에 가서 팔아버리는 거야. 그리고 또, 칼과 방패에 제작일자를 붙이는 방법도 있지. 창은 어제 만든 창이고 방패는 오늘 만든 방패라면 방패가 더 세다고 하면 되겠네."

고민도 않고 줄줄 쏟아지는 샛별의 말에 지우가 동그란 눈을 했다. 가만히 듣고만 있던 엄마와 아빠까지 재차 감탄했다.

"오오오. 대단한데!"

샛별은 대수롭지 않다는 듯 이번엔 볶음 김치를 한가득 입에 넣었다. 아빠도 손가락을 튕기며 한마디 거들었다.

"이런 모순을 해결해서 생활에 유용한 제품을 발명하는 아이디어 기법을 '트리즈(TRIZ)'라고 해."

지우가 고개를 갸웃했다.

"트리즈요?"

"그래. 특허를 낸 발명에 대한 이론이란 의미인데 누구나 쉽게 발명을 할 수 있도록 돕는 방법들이지. 샛별이 말한 것처럼 '서로 분리해 보기', '서로 합쳐보기', '다른 것으로 대체해 보기' 같이 더하고 빼고 나누고 곱하는 방법으로 어떤 모순상태를 해결해서 아이디어 발명을 하는 방법이지. 나중에 지우도 트리즈에 대해 공부해 보렴. 발명이나 아이디어를 내는데 큰 도움이 될 거야."

샛별은 트리즈에 대해 들어 본 적이 있었다. 바로 창의교실 강사님이 트리즈를 연구하시는 분이란 걸 알고 있었기 때문이었다. 샛별은 언젠가 트리즈에 대해 좀 더 공부해 보고 싶다는 생각을 했다.

도축장에서 창조된 산업혁명

"크레아티오."

"네?"

"혹시 리모컨 어디 있는지 못 봤어? 왜 만날 리모컨은 귀신처럼 사라져 버리는 거야?"

집에 아무도 없었다. 크레아티오와 잠시 거실에 나와 텔레비전을 보던 샛별은 채널을 돌리려 리모콘을 찾았다. 그런데 텔레비전을 켰던 리모콘이 깜쪽같이 사라진 것이다. 안방에도 거실에도 화장실에도 없었다. 샛별은 소파 틈새 구석구석을 뒤졌지만 끝내 못 찾고 입이 남산만큼 나와 투덜거렸다.

"아까 물 마시러 갈 때 들고 갔던 거 같은데요?"

"물?"

샛별은 부엌 정수기 위에서 리모컨을 찾았다.

"요즘 카페에서 주문한 게 다 되면 진동 벨이 울리잖아. 그것처럼 리모컨에도 진동 벨 기능을 달아두면 얼마나 좋을까?"

"오, 굿 아이디어! 역시 아이디어란 생각주머니에 재료를 넣고 서로 연결시키면 잘 떠올릴 수 있는 것 같아요."

크레아티오의 말에 샛별이 응답했다.

"하긴 한 공모전에서 대상을 받은 초등학생 기사를 읽은 적이 있는데, 교실에 친구들이 욕설을 할 때마다 고운 말 온도계 게시판의 눈금이 올라가 친구들의 욕설 사용 현황을 눈으로 직접 확인할 수 있게 했다는 거야. 이 '고운 말 온도계'는 도서관의 독서 달성량 현황 그래프를 보고 아이디어를 떠올렸대."

크레아티오는 '아하?' 하고 고개를 끄덕였다.

"정말 반 친구들이 나쁜 말을 할 때마다 그래프처럼 눈금이 막 올라가는 걸 눈으로 직접 보면 자연스럽게 고운 말을 쓸 수밖에 없을 것 같아요."

샛별은 크레아티오가 자기 말에 호응해 줘서 기분이 좋았다. 사실 샛별은 요즘 창의성과 아이디어발상에 대해 관심을 갖게 되면서 재미있는 아이디어 이야기를 많이 알게 되었다.

새에서 비행기를 착안하고, 잠자리에서 헬리콥터를 착안했다고 기술 시간에 배운 적이 있었다. 마치 이번엔 샛별이 크레아티오의 스승이 된 것 같았다.

"결국 아이디어는 다른 것을 잘 관찰하는 힘에서 얻는 것 같아.

서로 다른 무언가를 접목시켜서 생활의 불편한 문제를 해결하는 과정이지. 어떤 로봇박사님은 엄마가 딸아이의 머리카락을 세 묶음으로 나눠 땋아주는 걸 보고 세 발로 움직이는 넘어지지 않는 행성탐사 로봇을 만들었다고 해. 또 압정 뽑는 지렛대에서 콘셉트 뽑는 지렛대를 창안한 디자인 아이디어가 한 공모전에서 대상을 수상하기도 했고."

샛별은 자기가 말하면서 아이디어란 자신이 관심 있거나 불편하다고 생각하는 생각주머니 안에 다른 무언가를 서로 연결시키는 순간 튀어나온다는 사실을 이해하게 됐다.

이번엔 크레아티오가 자동차를 만든 핸리 포드 이야기를 샛별에게 들려주었다. 포드는 어릴 적에 증기기관차를 보고 호기심에 빠져 그때부터 자동차에 관심을 갖기 시작했다. 그는 커서 자동차공장의 사장이 되어서 자동차 만드는 일을 하게 됐다.

"헨리 포드는 산업시대를 연 자동화 시스템을 최초로 만든 사람이에요."

샛별도 위인전에서 읽어 본 기억이 있었던 사람이었다.

"나도 포드가 처음 자동차의 생산방식을 새롭게 바꾼 사람이란 건 알고 있어."

크레아티오는 샛별에게 핸리포드가 자동화시스템 아이디어를 생각할 수 있었던 에피소드를 설명해줬다.

사실 핸리포드가 이 아이디어를 떠올리기 전까지 자동차 만드는 방식은 오늘날과 무척 달랐다. 기술자들이 한자리에 모여 한 대의 자동차를 조립하는 식이었다.

하지만 방법을 바꿔 움직이는 컨베이어 벨트위에 자동차 본체가 자동으로 지나가면 기술자는 제자리에서 자신이 맡는 한 부품만 조립했다.

조립방식을 시스템화했더니 자동차 생산량이 엄청나게 증가했다. 그 이후, 이 방식을 '포드시스템'이라고 이름 붙였고 산업 전반으로 퍼져나갔다. 결국 포드시스템이 전 세계로 확산돼 20세기 산업혁명을 몰고 왔다.

크레아티오의 이야기를 듣자 샛별도 기억이 조금씩 떠올랐다.

"맞아, 포드 사장이 그 아이디어를 어디 갔다가 생각해냈다고 했는데?"

샛별은 가물가물한 기억을 더듬었다.

"바로 도축장이에요."

크레아티오가 샛별의 기억을 도왔다.

"그래, 맞아, 도축장!"

"포드사장이 어느 날 한 도축장에 방문했어요. 그런데 가만히 보니 거기 도축하는 사람들은 자기 자리에서 서서 갈고리에 걸어놓은 도축된 소가 자기 앞으로 이동하면 담당 부위를 해체하고 옆으로 이동시키고 있는 거예요. 매우 신속하고 효율적으로 보였죠. 그때 이 방식을 자동차 생산에도 적용해 보면 어떨까? 하는 아이디어가 딱 떠오른 거예요."

샛별은 크레아티오의 이야기를 듣자 세상은 거대하고 복잡하게 보이지만 실제로는 단순한 패턴이 복제되어 퍼지는 건지도 모른다고 생각했다. 샛별은 스마트 폰의 메모 창을 열고 이렇게 써 넣었다.

기억하고 세심하게 관찰하고
새로운 것을 조합하기만 하면
세상을 멋지게 바꿀 놀라운 아이디어를 얻을 수 있다

아기와 부부가 만들어지거나 아이폰과 유튜브가 창조되는 것은 물론 거대한 기업이 만들어지는 과정 역시 하나도 다를 바 없었다.

심지어 산업혁명 같은 거대한 세상의 변화도 따지고 보면 간단한 창조의 과정이 반복되고 점점 퍼져나간 것뿐이었다.

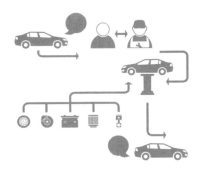

미리 풀어보는 삼성그룹과 대기업의 창의성 면접

샛별은 일요일에 아빠를 따라 북한산 둘레길 산책을 했다. 걷는 걸 그리 좋아하진 않았지만 아빠가 함께 가면 팥빙수를 쏜다고 꾀는 바람에 따라나서기로 했다.

샛별은 음료수를 마시며 아빠 뒤를 졸졸 따랐다. 오랜만에 나무 계단을 오르내리는 둘레길이 생각보다 힘들지 않아 아주 싫지만은 않았다.

"문제 하나 내 볼까?"

아빠는 천천히 앞서 걷다가 샛별 쪽으로 돌아보았다.

"좋아요."

샛별은 심심하게 걷는 것보다 문제를 푸는 게 더 나을 것 같았다.

"아주 쉬운 문제부터. 일단 몸이 가렵다면 어떻게 해야 할까?"

"글쎄, 침이라도 발라야 하나…."

샛별은 난센스 퀴즈라고 생각하며 별 생각 없이 대답했다.

"후후, 그게 바로 '생각의 덫'이라는 거야! 다시 생각해 봐. 샛별이가 꽃박람회에 가서 꽃을 만지기도 하고 실컷 구경하다 왔다고 쳐봐. 근데 집에 돌아오니 온 몸이 간지럽고 현기증이 일어나기도 하는 거야. 전체적으로 생각해 보렴."

"꽃박람회, 꽃, 만지고?"

샛별이 아빠의 의도를 알아차렸다. 입술을 달싹거렸다.

"꽃 알레르기가 있어서?"

아빠가 고개를 크게 끄덕였다.

"그럼 가렵긴 가려운데 이번엔 산에 등산을 하다가 벌레들이 붙어있어 털어낸 후라면?"

"산, 벌레…… 벌레에 물렸을 확률이 높을 테니 벌레 물린데 바르는 물파스를 발라줘야지."

"맞아."

아빠는 고개를 끄덕였다.

"단지 가렵다는 것에만 집착하면 거기엔 좋은 답이 없지. 가려움은 어떤 원인의 결과일 뿐이고, 가려움이 생기는 전체의 과정을 봐야 좀 더 좋은 해결책도 찾을 수 있는 거니까."

샛별은 고개를 끄덕였다.

"샛별아, 요즘 대기업들이 창의성 면접을 많이 도입하고 있는데, 한 대기업이 실제로 신입사원을 뽑기 위해 낸 창의성 문제에 한 번 도전 해 볼래?"

"오, 재미있겠는데요?"

"좋아. 그럼 잘 들어봐. 네가 지금부터 회사동료들과 아프리카 오지를 여행 중이라고 가정해 봐. 그런데 동료 중 한 명이 풍토병에 걸려 사경을 헤매게 되었는데 특효약이 한국산 고추장이라는 걸 알게 되었어. 3일 내에 고추장을 구해야 하며, 그렇지 않으면 동료는 죽을 가능성이 커. 너라면 어떻게 이 문제를 해결하겠니?"

"좀 어려운데요?"

"정답이 딱 정해져 있는 문제는 아니야. 공감할 수 있는 아이디어를 찾으면 되는 거니까 편하게 말해 보렴!"

"일단 문제를 정확하게 파악해야 할 것 같아요!"

"그렇지. 그러려면 우선 가려움 퀴즈처럼 전체과정으로 생각해 봐."

"음, 그러니까 '아프리카 오지'라는 무대에 '풍토병'과 '한국산 고추장'이 연결되고 3일내에 한국산 고추장을 구해야 하는데 실패하면 동료가 죽을 수 있다는 거잖아요."

"바로 그거야. 그렇게 과정으로 분석해 보면 문제의 핵심을 정확하게 파악할 수 있지."

"결국 아프리카 오지가 문제인 것 같아요. 3일 안에 고추장을 받을 수 있게 아프리카 오지의 밖과 연결하는 방법을 찾아야 할 것 같은데요."

"그렇다면 외부의 많은 사람들과 아주 쉽게 연결할 수 있는 방법은 무엇이 있을까?"

"인터넷은 안 될까요?"

"다른 건?"

"실시간으로 중계하는 CNN같은 뉴스 방송국도 있잖아요."

"둘 중 어느 것이 더 현실성이 있을까?"

"아무래도 오지니까 인터넷보다는 국제적인 방송국에 제보하는 것이 빠르고 현실적일 것 같아요."

"좋은 생각이야. 실제로 이 대기업에서 소개한 신선한 지원자의 답변 사례로 소개한 내용도 샛별이 했던 생각과 아주 비슷해. 하지만 그 사례에선 한 가지 더 기발한 아이디어가 추가돼 있었어."

"한 가지 더요? 그게 뭐예요?"

"그 지원자는 회사 신입사원 선발 퀴즈라는 점을 고려했던 거 같아. 풍토병에 좋은 한국산 고추장이 특효약이란 걸 연결하여 한국산 고추장을 세계적인 브랜드로 만들어 판매할 수 있다는 아이디어를 추가한 거지."

"우와, 정말 그 지원자는 재치가 있네요."

아빠는 물병을 입에 대려다 말고 다시 말을 이었다.

"그럼 이번엔 우리나라 최고 기업인 삼성그룹의 창의성 면접에서 나왔다는 문제를 하나 더 소개 해 볼까?"

"오! 좋아요."

"물론 이번에도 정답은 없어. 누가 좀 더 참신하고 설득적인 해결책을 생각해 내느냐를 보려는 거지."

아빠는 문제를 소개했다.

유료 블록체험 학습장에서 블록분실 사고가 자주 일어나고 있었다. 안내방송을 하면서 분실추세가 감소하긴 했지만 여전히 한정판이나 값비싼 블록의 분실 비율은 떨어지지 않았다. 대신 분실시 책임을 묻겠다는 경고방송 때문에 잠재적 절도범으로 모는 것 같아 기분 나쁘다며 환불을 요구하는 고객도 늘었다.

현재 학습장에는 CCTV, 아르바이트생, 작업대, 안내방송, 블록정리대, 블록조립설명서 등이 있는데 이것들을 활용해 블록장이 안고 있는 문제를 해결할 수 있는 창의적인 방법이 없을까 하는 것이었다.

샛별은 아빠가 소개한 문제를 듣고 다시 한 번 문제가 발생하는 과정으로 분석해 핵심을 생각해 보았다.

"블록 학습장 공간 안에 있어야 할 한정품과 고가품의 블록제품을 일부고객이 몰래 훔쳐가 분실이 지속적으로 발생하여 골치를 앓고 있는 거네요."

"그렇지."

"그렇다면 한정품이나 고가품이 일부고객의 가방이나 주머니에 들어가 학습장을 벗어나지 못하게 하는 방법을 찾으면 될 것 같아요. 한정품, 고가품의 경우 고객이 블록조립설명서를 보고 직접 작업대에서 조립한 후 완성품을 반납하도록 하면 어떨까요? 특히 자신이 완성한 블록을 할인가격으로 구매할 수 있도록 하면 훔치고 싶은 욕망도 대체할 수 있을 뿐만 아니라 체험장은 판매수익 효과까지 얻을 수 있을 테고요."

"고객이 블록을 스스로 조립하고 반납하는 이용시스템을 만들면 분실될 염려가 없다는 이야기구나. 덤으로 판매수익을 얻을 수 있는 아이디어까지 추가했네?"

"호호, 앞서 고추장 문제의 추가 아이디어를 듣고 살짝 응용해 본 거예요."

아빠는 샛별의 생각이 꽤 실용적이라고 칭찬해 주셨다.

"샛별아, 이것만 기억하렴. 사람들은 그저 눈으로 보이는 것으로 쉽게 판단하려는 경향이 있지. 그래서 창의적인 생각을 못하는 경우가 많아. 창조가 이루어지 과정을 하나의 사건으로 정확하게 파악하면 보다 창의적인 생각을 할 수 있다고!"

아빠의 말이 문득 크레아티오의 말과 오버랩 됐다.

"결과가 아닌 원인을 보라. 보이는 것이 아닌 보이지 않는 전체 과정을 보라."

샛별이 아빠의 이야기를 들으며 크레아티오가 한 그 말을 떠올려 읊조렸다.

샛별은 길게 숨을 깊이 들이쉬고 힘차게 나무 계단을 올랐다.

아빠가 뒤에서 샛별의 등을 밀어주었다.

"샛별, 조금만 더 힘을 내자. 얼른 내려가서 팥빙수 먹어야지."

"네, 알았어요."

샛별은 팥빙수 소리를 들으니 기운이 다시 생생해졌다. 산처럼 높은 초콜릿 팥빙수를 떠올리며 샛별은 걸음을 재촉했다.

4장
나는야 창작의 신

톡톡 튀는 UCC영상 만들기

생각하면 할수록 자꾸 미궁으로 빠지는 영상 시나리오 작업이었다. 어디서부터 어떻게 시작해야 할지 막막했다. 자료 수집을 하다 보니 벌써 밤 11시가 훌쩍 넘어가고 있었다.

샛별은 컴퓨터를 끄면서 침대 쪽을 돌아보았다. 크레아티오는 벌써 곤히 자고 있었다. 정말 천사처럼 자고 있었다.

샛별은 잠에 빠진 크레아티오에게 다가가 머리를 쓰다듬었다.

"역시 애는 잘 때 천사라는 말을 부정할 수가 없구나."

"……."

"아니, 원래 천사인가?"

"……."

샛별은 오랜만에 침대를 천사손님에게 내주고 거실로 나왔다.

"샛별아. 오늘은 거실에서 자려고?"

아빠도 아직 안 주무시고 계셨다.

"네!"

"늦었구나! 방학숙제가 많니?"

"아니요, 학교 홍보영상 공모전을 만들 시나리오가 잘 떠오르지 않아서요."

"정아라는 친구와 함께 하기로 했지?"

"일단 저는 시나리오와 기획안, 또 정아는 영상제작 샘플편집을 맡기로 했어요."

"오, 재미있겠는데"

샛별이 고개만 끄덕거렸다.

"서로 다른 재능과 끼를 한 곳에 모으는 거네!"

"아직은 서로 잘 맞을지 모르겠어요."

"뭐가 제일 힘드니?"

"평가기준이 재미나면서도 발랄하고 참신한 아이디어인데 어디서부터 시작해야 하나 걱정만 하다 보니, 솔직히 말해 맘 같아선 아주 걷어 차 버리고 싶은 심정이라니깐요."

샛별은 여전히 영상공모전 준비가 너무 어렵다고 투덜거렸다.

"아이디어 구상은 어디까지 했는데?"

"지금까지 우리 학교 장점이 뭔지 정리해 보았는데 이걸 그냥 죽 영상으로 제작한다고 생각하니 좀 식상하고 뭔가 부족한 느낌이 자꾸 들어요."

아빠는 혀를 끌끌 차며 말했다.

"처음엔 다 그런 거야. 기똥찬 아이디어가 금세 뚝딱하고 나오면 그게 더 이상한 거지."

샛별은 길게 한 숨을 내쉬었다.

아빠는 너무 어렵게만 생각하지 말라며 샛별을 격려했다.

"재미있는 이야기 하나 해 줄까?"

샛별은 아빠 옆에 바짝 다가와 누웠다.

아빠는 대한민국에서 아주 큰 기업을 운영했던 정주영 회장의 이야기를 들려주셨다.

1952년 12월 미국의 아이젠하워 대통령이 한국을 찾았어.

그의 일정 중에는 부산 대연동에 있는 유엔군 묘지 방문이 있었지. 미군은 묘지를 파란 잔디로 깔아 새롭게 단장하고 싶어 했어.

그래서 그 일을 해 줄 사람을 공모했지. 묘지 조성 공사는 어려운 공사는 아니었지만, 문제는 그때가 바로 한 겨울이었다는 점이야. 엄동설한에 한국에서 파란 잔디를 구한다는 것은 당시 불가능한 일이기 때문이야.

그 때 당시 한 건설회사의 사장이었던 정주영은 담당하던 미군 장교를 직접 찾아갔지.

그러고는 "왜 묘지에 잔디를 깔려고 하느냐?"라고 물었어.

장교는 "미국 대통령이 묘지를 방문하게 되는데 묘지들을 바라볼 때 황량하고 썰렁하게 보이면 좋지 않다고 생각하기 때문"이라고 대답했지.

그러자 정 사장은 "그럼 대통령이 지나가면서 보기에 풀만 파랗게 보이면 되는 것 아니냐?"고 물었어.

"물론 그러면 된다"고 미군 장교가 이야기하자, 정주영 사장은 아이디어가 떠올랐어. 자신이 잘 해 내겠다고 그 일을 맡게 됐지.

정 사장은 낙동강변의 보리밭에서 새파랗게 자란 보리밭을 사들인 후, 30대의 트럭으로 옮겨 심어 묘지를 단 5일 만에 녹색바다로 새롭게 조성할 수 있었어.

미국대통령을 포함한 유엔사절단은 푸른 묘지를 보며 헌화한 후 돌아갔어. 미군은 정 사장의 아이디어에 놀라움을 표시하며 당초 입찰금액의 3배를 지불했대. 이후 미군 공사는 모두 정주영 사장이 맡게 되었지.

아빠가 샛별에게 물었다.

"정 사장의 아이디어는 어디에서 나왔을까?"

"아마도 '왜 묘지에 잔디를 깔려고 하느냐?'고 물어 보았기 때문이 아닐까요?"

샛별이 자신 있게 말했다.

"맞았어. '왜?'하고 묻거나 생각하는 순간, 숨어있던 정보들이 고개를 내밀지. 잔디를 깔려는 진짜 이유를 알게 되니 문제를 해결할 다른 아이디어를 찾은 거야."

"그럼 우리도 학교에서 하는 영상 공모전을 '왜' 하는지 질문해 보면 되겠네요?"

"바로 그거야. 그러니까 왜 학교에서 공모전을 진행하는지 네 생각을 말해 보렴."

"학생들이 직접 자신의 학교를 홍보하는 영상물을 만들게 하고 학교의 장점을 스스로 찾게 해 애교심을 높이려는 게 아닐까요?"

"그렇겠지. 또 학교 홍보에 도움이 될 수 있는 학생들의 발랄하고 참신한 아이디어도 얻으려는 거고. 그러니까 학교가 가장 좋아할 만한 영상, 학교특징 중에 홍보하고 싶은 거, 꼭 자랑하고 싶은 거, 숨어있는 매력을 찾아 죽 리스트를 적어보는 게 가장 중요하겠지."

샛별은 아빠의 말을 갑자기 가로막았다.

"사실 찾아보니 우리 학교 자랑거리들이 꽤 많더라고요."

샛별이 스마트 폰에 메모해 둔 내용을 찾았다.

"전국대회에서 자주 우승하는 씨름부가 유명하고 학생들이 각자 자신의 끼와 재능을 살리도록 적극 밀어준다는 점, 북한산이 한 눈에 들어와 늘 아름다운 전망을 보면서 공부를 할 수 있다든지, 학교가 높은 곳에 있지 않아 다리에 알통이 생길 이유가 없다든지, 급식이 괜찮은 편이라든지, 그런 장점들이 나왔어요."

샛별은 메모한 리스트를 아빠에게 보여주었다.

"이런 학교의 장점을 재미있는 이야기로 탄생시키기 위해 서로 다른 요소를 결합시켜 보면 어때? 학교 홍보내용을 단순히 소개하기 보다는 재미있는 스토리나 네가 작사 작곡한 노래로 뮤직비디오를 만드는 등 독특한 스킬이나 형식을 결합해 보는 거지."

"독특한 스킬이나 형식이요?"

"그렇지."

샛별은 아빠의 말처럼 학교자랑거리를 재미있는 스토리 형식과 화려한 영상미를 결합하여 만들면 훨씬 재미있는 작품이 나올 수 있을 것 같았다.

"정말 좋은 생각이네요. 그러니까 학교홍보 메시지와 독특한 재능을 서로 조합해서 만들어보라는 거죠?"

아빠가 고개를 끄덕였다.

샛별은 잠시 생각에 잠겼다.

"아빠, 그저께 텔레비전에서 '도전 골든 벨' 했었잖아요. 우리학교 자랑거리와 '도전 골든 벨'을 결합시키면 어떨까요? '우리학교의 자랑 찾기 도전 골든 벨 퀴즈쇼' 같은 형식으로 만들면요?"

"오, 재미있겠는 걸?"

샛별은 다음날 새벽같이 일어나 컴퓨터 앞에 앉았다. 어느새 크레아티오는 책상에 살짝 걸터앉아 맑게 웃으며 물어왔다.

"샛별님 잘 돼요?"

"어, 완전……. 영상 시나리오 아이디어가 떠올랐거든."

샛별은 푸핫~, 과장된 웃음을 터뜨리며 컴퓨터 자판을 빠르게
눌렀다.

글짓기 공모전의 당선 비법

그토록 열망했던 구립도서관 작가교실이 열렸다. 다행히 이번에는 폐강되지 않았다. 샛별이 함께 듣자고 꾄 자칭 '판타지소설 제자' 2명도 수업에 함께 참가했다. 샛별이 먼저 반갑게 인사했다.

"우리 열심히 글쓰기 배워서 멋진 작품 폭풍 집필해 보자!"

첫 수업은 간단한 오리엔테이션과 수강생 자기소개로 시작했다. 샛별은 판타지 소설가가 꿈이며, 작가교실에서 '스토리 구성을 잘 짜는 법'에 대해 꼭 배우고 싶다는 포부도 밝혔다.

글쓰기는 자신이 있었다. 하지만 글 전체의 기승전결 구도를 잡는 게 어려웠다. 갈등구조를 만들고 재미있는 에피소드를 엮어 이야기를 전개시켜 가는 능력이 더 필요했다. 사실 글을 열심히 쓰다 보면 이야기가 자꾸 샛길로 빠지는 경우가 많았다.

수업이 끝나고 집에 돌아와 가족들과 저녁밥을 먹고 있을 때 샛별의 전화벨이 울렸다. 스마트 폰에 '작가선생님'이라고 떴다.

샛별은 통화 수락 버튼을 누르고 스마트 폰을 들었다.

"네 선생님."

"그래 샛별아. 이번에 중학생 글짓기 공모전이 개최되는데, 우리 작가교실에서도 참여했으면 좋겠는데……."

샛별이 눈을 또르르 굴렸다.

"자기소개서를 보니 샛별이 너라면 충분히 도전할 수 있을 것 같아서?"

통화 벨소리가 약간 컸던 탓에 선생님의 목소리를 들을 수 있었던 아빠가 고개를 과도하게 끄덕거리고 있었다.

"참여하는 거야 뭐 어렵지 않아요."

"그래, 그럼 모집 요강 보내줄게."

아빠가 흐뭇한 눈빛으로 샛별을 응시했지만 샛별은 살짝 걱정도 됐다. 방학 때 할 일이 하나 더 늘었기 때문이었다. 공모전 수상경력이야 나중에 취업할 때도 좋고, 상금도 받지만 그것도 한가할 때 이야기였다. 학교 홍보 UCC영상물 제작, 새 판타지 소설 연재, 이것저것 방학 과제물. 창의교실과 작가 교실에 언제 끝날지 모르는 생각공부. 여기에 글짓기 공모전까지 더해지면 학기만큼이나 바쁜 방학이 될 것이다.

샛별의 속마음을 알아차렸는지 아빠가 격려했다.

"기회가 왔을 때 뭐든 열심히 도전하는 거야. 좋은 결과를 얻는 것보다 중요한 것은 도전해 보는 거니까."

샛별은 잠시 고민하는가 싶더니 그 고민을 멀리 날려 보냈다. 그냥 하나씩 하나씩 해결해 나가면 되지 뭐. 그렇게 생각하기로 마음먹었다.

"도전하는 걸 너무 두려워 할 필요는 없어. 사실 나도 대학생일 때 문학공모전에 정말 많이 도전했는데 매번 떨어졌던 기억이 있단다."

아빠도 공모전에 많이 떨어졌다는 말에 샛별은 호기심이 생겼다.

"아빠도 많이 떨어졌다고요?"

"당연하지. 처음 출품할 때는 이런 저런 소설을 많이 써서 아무 공모전이나 막 출품했어. 그러다가 출품하는 족족 떨어지고 보니 그렇게 무작정 출품하는 것이 현명한 방법이 아니란 걸 깨닫게 됐지."

"좋은 방법을 찾았어요?"

"그래! 사실 단편소설 공모전이 개최되면 주최기관이 있고, 그 주최기관은 대부분 소설을 공모하는 이유가 있기 마련이야. 가령 선호하는 작품경향이 있고 특별히 점수를 많이 주는 심사기준도 있지. 그걸 충분히 연구하고 거기에 최대한 맞춘 작품을 출품해 본 거야. 그걸 아는 방법은 간단하지. 내가 쓰고 싶은 글과 주최사의 공통분모가 뭔지를 생각하면 돼. 지난 해 심사평도 분석하고 수상

작품도 꼼꼼히 읽어보면 그 공통분모를 어렵지 않게 찾을 수 있어."

"자기소개 쓸 때처럼 주최기관을 파악했다는 건가요?"

"그렇지! '이 공모전을 낸 의도 같은 건 뭘까?' 이런 걸 많이 생각하게 됐지."

아빠가 양 손바닥을 부딪쳤다. '짝' 하고 울린 소리에 샛별이 눈을 크게 떴다.

"손바닥도 마주쳐야 소리가 나는 법. 방법을 바꾸니까 매번 떨어지던 공모전에서 정말 당선이 된 거야. '내 생각으로 좋은 글'이 아니라 주최사가 원하는 작품과 내가 쓴 작품이 같은 공감의 무대에서 두근두근 반응하는 작품이 결국 채택될 확률이 높다는 걸 그때서야 알게 됐지."

"아……."

사실 아빠의 이야기는 지난번 자기소개서를 쓰는 요령과 다를게 없었다. 좋은 글이 아니라 주최사에서 원하는 글을 이해하고 서로 반응시키는 작업이 글짓기 공모전의 전략이었다.

아빠는 좀 더 구체적인 예를 들었다.

"공모전 기관이 원하는 작품방향이나 주제를 충분히 고민하고 관련된 다양한 정보들을 모아야 해. 예를 들어 '원자력 글짓기 공모전'처럼 원자력이란 주제가 제시되었다면 당연히 '원자력'에 대한 다양하고 구체적인 정보를 파악하고 주최기관이 원하는 긍정적인 원자력의 요소들을 공부하면서 잘 이해하는 것이 기본이지. 설마 어떤 중학생이 원자력 글짓기 공모전에서 학교 사랑 글짓기를 쓰겠어?"

거기까지 샛별도 충분히 이해할 수 있는 이야기였다.

"샛별은 글을 많이 써 본 경험이 있잖아. 주제와 에피소드를 잘 연결시키면 훌륭한 글을 쓸 수 있을 거야."

"딸을 너무 과대평가 하는 거 아니에요?"

"과대평가면 어때, 원래 딸 바보 아빠들은 다 그런 거야!"

샛별은 자리에서 일어났다.

"이번 공모전에 당선돼서 시상금 타면 꼭 한 턱 쏴야 해. 아빠가 조언을 많이 해줬으니까."

아빠가 환한 미소를 지었다.

"당선이 어디 그리 쉽나요? 꿈 깨요. 깨!"

샛별의 말에 아빠가 오른 주먹을 쥐며 입모양으로 '아자'를 외쳤다.

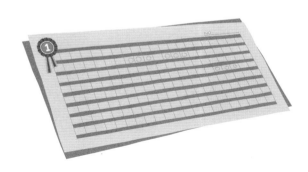

노벨문학상 작품의 구조

　"샛별아, 작가교실 다니는 건 어때? 기대한 대로니? 열심히 배워서 나중에 노벨문학상에 도전해야지?"

　아빠의 말에 엄마가 샛별 대신 이렇게 대꾸했다.

　"네 아빠도 연애시절엔 늘 노벨문학상을 탈 거라고 하더니 요즘은 노벨경제학상을 탈거라고 입만 열면 뺑질이야. 노벨상은 차라리 샛별에게 기대하는 게 더 나을 것 같아."

　아빠가 툴툴거렸다.

　"여보, 왜 이래. 끝날 때까지 끝난 건 절대 아니지."

　샛별은 '부부싸움 그만~'하고 중재에 나섰다.

　"샛별아, 그런데 너 노벨문학상에 대해선 알고 있지?"

　아빠가 물었다.

"세계에서 가장 권위 있는 문학상이라는 건 알아요. 아, 상금도 수억쯤 한다는 것도. 그런데 그건 왜요?"

아빠가 웃었다.

"음…… 우리나라에서 노벨문학상을 받은 소설가가 누구일 것 같아?"

"우리나라에서 노벨문학상을 받을 만큼의 소설가가 있었나요?"

샛별에 말에 아빠는 혀를 차며 중얼거렸다.

"이거, 안 속네……."

"이 아빠가……. 정말!"

"하하. 맞아. 아쉽지만 우리나라에선 아직 노벨문학상을 받은 작가는 없어. 한때 고은 시인님이 후보자로 거론되긴 했지만 아쉽게 수상하진 못했지."

샛별이 고개를 주억거렸다. 사실 샛별은 카네기 메달이면 몰라도 노벨문학상에 대해서는 그리 잘 알지 못했다.

샛별은 아빠에게 물었다.

"노벨문학상엔 어떤 수상작품이 있어요?"

"음, 노벨문학상을 받은 건 지금까지 한 120개 작품 정도 있는데, 헤밍웨이가 쓴 '노인과 바다'가 대표적인 작품이지."

샛별이 고개를 끄덕였다.

"아, 제목과 줄거리는 대충 아는데. 아직 읽어 보지 못했어요."

"한 노인 어부의 삶을 그린 평범한 이야기지만 매우 많은 의미가 담겨져 있지."

"아빠는 이 소설을 좋아하시나 봐요?"

"당연하지. 이 소설은 아주 철학적이기도 하지만 노벨문학상다운 흥미로운 이야기 구조가 숨어있기 때문이야. 한 번 들어볼래?"

"좋아요!"

샛별이 대답했다.

"이젠 물고기 한 마리 제대로 잡지 못하는 전성기가 훌쩍 지난 늙은 어부가 있었어. 노인은 조그마한 배를 타고 바다로 나가 젊은 시절 그랬던 것처럼 아주 큰 물고기를 잡겠다는 꿈을 꾸지. 그러던 어느 날 5미터가 넘는 거대한 청새치를 바다 한 가운데서 만나게 된 거야. 노인과 청새치는 거의 48시간이 넘도록 생사를 넘나드는 사투를 벌이게 돼."

아빠는 마치 늙은 어부가 된 듯 이를 악물며 밧줄을 당기는 시늉을 해 보였다.

"밤낮이 바뀌고 노인의 손바닥에 피범벅이 되고 힘이 다 빠졌을 때 드디어 승부가 가려졌지. 승자는 누구였을 것 같아?"

"헤헤, 당연히 노인이었겠죠?"

"왜 그렇게 생각했지?"

"노인이 죽으면 이야기 진행이 안 되니까."

"하하. 그렇군. 어쨌든 노인이 거대한 고기를 잡았지. 노인은 그 순간 정말 기뻤을 거야. 무엇보다 자신이 아직 어부로서 가치가 있

166

음을 동네 사람들에게 알리고 싶었을 테고. 노인은 잡은 거대한 물고기를 배 옆에 묶어 의기양양하게 마을 항구로 향했지."

아빠는 회심의 미소를 지으며 말했다.

"하지만 항구로 가는 동안 피 냄새를 맡은 상어 떼가 나타나 청새치의 살을 다 발라먹고 말지. 노인은 상어 떼를 쫓으려 했지만 결국 살이 없는 앙상한 물고기 뼈만 남았어."

"아이고! 저런 어떡해요?"

샛별이 탄식을 토해냈다.

"앙상한 뼈만 남은 청새치에 진짜 이 소설의 메시지가 있다고 봐야 해. 자, 과연 그게 뭘까?"

아빠가 잠시 숨을 골랐다.

"어부의 사투가 완전히 물거품이 된 좌절감!"

샛별은 안타까운 생각을 그대로 내뱉었다.

"그걸 좀 더 구체적으로 말하자면 있는 듯 없는 듯 잠자코 뒤에 숨어있는 바다가 인간의 목숨 건 노력에 뒤통수를 딱 쳤다는 거지."

아빠는 다시 말을 이어나갔다.

"헤밍웨이의 '노인과 바다'라는 소설은 우리에게 이런 메시지를 던지려 했다고 봐. '인생이란 우리가 매순간 목숨을 걸고 치열하게 살지만 늘 배후에 숨어있던 바다가 나타나 우리의 뒤통수를 친다'는 거. 우리 삶이란 게 원래 그렇다는 걸 느끼게 해 주는 작품이지."

"좀 비극인 해석이네요. 노인이 좀 안쓰럽다는 생각이 들어요."

샛별은 노인이 불쌍하다는 듯 인상을 찡그렸다.

아빠는 샛별의 말에 손사래를 쳤다.

"아니, 절대 그렇지 않아. 이 소설은 여기서 끝난 게 아니야. 노인은 그 다음날 아침 일찍 일어나 정말 아무 일도 없다는 듯 작은 배를 몰고 다시 바다로 나가지. 오늘은 큰 고기를 꼭 잡고 말겠다는 꿈을 다시 꾸면서. 작가는 늙은 어부를 통해 때론 우리의 뒤통수를 치는 바다로 다시 배를 저어 나가는 것이 인간의 위대한 힘이라는 것을 말하고 싶은 거겠지."

샛별이 아빠를 올려다보았다. 아빠는 과장하듯 어깨를 들썩였다.

"자, 느낌이 와? 소설을 다 읽고 뭔가 가슴이 답답하면서도 후련하면 그건 헤밍웨이가 설치해 놓은 바다의 덫에 걸린 거야. 보이지 않는 것에 끊임없이 도전하려는 인간의 삶. 캬! 이게 바로 이 소설의 위대함이라고 난 생각해."

샛별은 아빠의 말을 들으며 이 소설 속에서도 보이지 않는 배후 조종자인 생각주머니가 있다는 걸 어렴풋이 느낄 수 있었다.

"아, 노인과 바다를 꼭 읽어볼래요."

샛별의 말에 아빠가 고개를 끄덕였다.

"그래, 너도 언젠가 너의 작품을 쓸 때 보이지 않는 신비로운 바다를 설정해 두고 어느 순간 독자들의 뒤통수도 한 번 저격해 봐. 그게 바로 노벨문학상을 받을 수 있는 가장 좋은 비결이라고."

샛별은 그날 밤 꿈을 꾸었다. 샛별은 노인과 물고기가 사투를 벌이는 장면 뒤에 아무 표정도 없이 숨어 있는 거대한 바다를 보고 있었다.

그것은 거대한 푸른 생각주머니였다. 그 생각주머니는 엄청 차고 퍼렇고 무서웠다. 그러나 어부 노인은 그 생각주머니 안으로 자꾸만 들어가고 있었다. 그게 자신의 삶이라는 듯이.

기똥찬 광고 만들기

샛별이 방문을 열고 거실로 나오자 엄마는 텔레비전 채널을 돌리고 있었다.

마침 피겨 금메달리스트였던 김연아 선수에 대한 이야기가 나왔다.

"김연아 부모님은 좋겠네."

엄마가 중얼거렸다. 샛별이 소파에 털썩 주저앉으며 물었다.

"왜? 피겨를 잘해서?"

"아니. 광고 많이 찍잖아. 우리 샛별이도 저렇게 유명인이 돼서 엄마 호강시켜 줘야 하는데."

"하하, 나보다 지우한테 기대해, 지우라면 연예인 기질이 있어서 방송으로 뜰 가능성이 충분해."

엄마가 웃었다.

"좋아, 지우한테 연예계 진출을 위해 노력하라고 전해줘."

"그런데, 김연아 선수는 역시 새하얀 우유 광고가 가장 잘 어울렸던 것 같아."

샛별이 입맛을 다시며 말하자 엄마가 한 마디 했다.

"얼음판의 하얀색과 우유의 하얀색, '김연아 선수 같은 건강하고 신선한 우유'가 서로 잘 연결되니까."

엄마가 시장가방과 핸드폰을 챙겼다.

"우유 하나 사 올 테니까, 우유 살 돈은 나중에 연예계 진출한 지우한테 달아놓는 걸로."

거실 바닥에 이불을 깔아놓고 늦잠을 자고 있는 지우를 가리키며 엄마가 장난스럽게 웃었다. 현관문으로 향하는 엄마를 보고 샛별은 인사했다.

"다녀오세요!"

현관문이 닫히자, 크레아티오가 방에서 나와 거실 소파에 앉았다.

"바로 그게 광고의 창조 공식이지요."

뜬금없는데다 싹둑 잘린 말이었지만 샛별은 크레아티오의 말을 알아들었다.

"그렇지 뭐."

크레아티오가 소파에서 점프해 내려왔다.

"샛별님은 기억에 남는 광고가 있어요?"

"막대 사탕 먹어본 적 있지? 그 '츄파춥스' 광고!"

샛별은 두 손으로 동글동글 한 사탕을 표현했다.

"이 광고 중 하나가 세계 4대 광고제에서 모두 수상했었지. 그 광고는 빵빵하게 몸을 만든 화려한 바다복어가 입에 사탕막대기를 물고 있는 이미지였어."

샛별이 핸드폰을 틀어 검색했다. 사진이 금방 나왔다.

"아, 찾았다."

크레아티오가 광고를 보더니 심플하다고 감탄했다.

"진짜 츄파춥스 사탕을 보여 주지 않는데도 이 사탕이 막 상상되네요."

샛별은 또 다른 광고도 검색하기 시작했다.

"아, 더 재미있게 연결시킨 광고도 있어. 공익 광고였는데? 잠깐만~"

샛별이 곧 찾았다. 검색창에 '물도 끊어 쓰세요'를 검색하자 광고 한 편이 등장했다.

"물 아껴 쓰기 공익 광고. '물도 끊어 쓰세요!'라는 카피랑 같이 수도꼭지에서 끊어 쓰는 두루마리 휴지가 나오는 광고야. 이것도 공익광고 공모전에서 수상한 작품."

사진을 클릭해 크레아티오에게 보여줬다.

"이 광고도 같은 비밀이 있네요!"

"같은 비밀?"

샛별은 되물었다.

"네. 아껴 쓰자는 생각주머니에 서로 연관돼 있지 않은 물과 끊어 쓰는 두루마리 휴지가 연결된 이미지니까요."

샛별은 손가락을 튕겼다.

"아하, 광고의 창조공식?"

"소비자의 머릿속에 새겨 넣을 광고의 생각주머니에 두근두근 홍보할 상품과 대표적인 이미지를 서로 절묘하게 연결시켜라! 이것만 알면 누구나 광고 천재가 될 수 있지요!"

크레아티오의 말에 샛별은 '나도 광고천재'라며 깔깔 거리며 웃었다.

잠시 후 샛별은 스마트 폰 메모 창을 열었다.

〈멋진 광고의 창조법〉
광고란 소비자가 기억할 생각주머니 속에 광고할 내용과
서로 연결되는 다른 것을
서로 두근두근 조합시켜 연상의 이미지를 보여주는 것!

샛별은 왠지 진짜 자신도 '멋진 광고 하나쯤 뚝딱 만들 수 있겠다'는 자신감이 생겼다. 샛별은 이런 저런 광고를 상상하며 미래 광고회사에서 일해 보는 것도 재미있겠다는 생각을 했다.

우선순위, 무엇을 먼저 해야 할까?

"저 사진 뭐예요?"

크레아티오가 컴퓨터 옆에 있던 액자 속 가족사진을 가리키면서 물었다.

반 년 전쯤 일본에 갔을 때 찍었던 가족사진이었다.

"일본 오사카 갔을 때 찍은 거야."

"오호, 일본이라……. 여행 재미있었어요?"

샛별은 속마음을 털어놨다.

"집 나가면 개고생이지."

크레아티오는 웃음을 터뜨리며 두어 번 고개를 끄덕였다.

"그렇죠? 내 집이 역시 최고지."

크레아티오는 가만히 하늘이 있는 천장을 올려다보았다.

샛별이 사진 속에 주변 풍경과 웃고 있는 자신을 보니 일본 여행의 추억이 떠올랐다.

크레아티오는 샛별을 쳐다봤다.

"일본에서 어떤 음식이 기억에 남아요?"

"초밥. 한국에서 먹던 초밥보다 일본 초밥이 내 입맛에 더 잘 맞았어."

"일본 초밥은 다른가요?"

"한국 초밥은 고추냉이가 아주 맵거든."

샛별에게 우리나라 초밥은 너무 매웠다. 초밥 뷔페에서 하나도 맵지 않다고 엄마가 내민 초밥을 받아먹었다가 눈물까지 흘리면서 뱉었던 기억이 있었다.

샛별은 일본여행을 준비하며 겪은 황당한 에피소드를 크레아티오에게 들려주었다.

"일본 오사카에 간 건 지난 가을이었는데, 사실은 작년 5월에 가려고 했어. 가족들이 신나게 인천공항에 갔는데 비행기를 그만 못 탔지 뭐야."

"왜요?"

"나랑 지우의 여권 사용기한이 지났다는 걸 공항에서 항공권 티켓을 받으려 할 때 알게 된 거야. 어린이 여권의 유효기간은 5년으로 어른들보다 훨씬 짧아. 부모님께서 그걸 생각하지 못한 거야. 결국 비행기도 못 타고 공항에서 바로 집으로 돌아왔지."

"가족들이 모두 황당했을 것 같네요!"

"그래서 가을에 다시 갈 때는 엄마와 아빠가 정말 하나에서 열까지 일일이 다 확인했어. 우리 여권을 다시 만든 후 아빠는 항공권과 민박집을 다시 알아봤고, 엄마는 오사카 시내 맛집 리스트를 정리하고, 한 달간 꼼꼼히 체크리스트를 만들어 출력하고 아주 난리도 아니었지."

크레아티오가 재미있다는 듯 대꾸했다.

"세상엔 우선 순위를 아는 게 중요하죠. 자동차로 가족과 여름휴가를 갈 때 휴게소와 맛집을 검색하고 기름 값이 싼 주유소를 찾아내고 과속단속에 걸리지 않도록 감시카메라 위치를 하나하나 완벽하게 준비하고 세심하게 신경 써야 하잖아요. 하지만 진짜 중요한 건 먼저 '동해바다로 갈까? 서해바다로 갈까?'를 결정하는 일이죠."

그 말에 샛별은 고개를 끄덕였다.

크레아티오는 어느새 진지한 표정이 됐다.

"여행에만 순서가 있는 게 아니고 생각에도 순서가 있답니다. 그 순서는 창조과정의 순서지요. 무대를 선택하고 정보를 모아 목표를 정하고 그걸 실행시키는 순서는 이미 정해져 있어요."

크레아티오는 다섯 손가락을 하나씩 꼽으며 하나씩 단계별로 설명했다. 샛별은 크레아티오가 말하는 우선순위 단계를 스마트 폰에 메모하기 시작했다.

창조의 우선순위

1단계 : 생각주머니인 무대를 결정하거나 준비하기

2단계 : 서로 다른 정보를 두근두근 연결하여 조합하기

3단계 : 구체적인 목표 정하기

4단계 : 세부적인 계획 세우기

5단계 : 계획에 따라 하나씩 실천하여 창조하기

스마트 폰을 닫은 샛별은 크레아티오에게 말했다.

"우선순위 역시 창조가 이루어지는 과정이잖아."

"맞아요. 창조의 전체과정으로 보면 그 안에 바로 일의 순서가 정해져 있는 거지요."

샛별은 일본여행의 추억을 돌아보며 일을 시작할 때 전체 과정을 생각해 보고 먼저 할 일과 나중에 할 일을 파악하는 게 매우 중요하다는 걸 깨달았다.

"먼저 해결해야 할 일은 무엇일까?"

샛별은 이런 질문을 스스로 늘 던지는 습관을 가져야겠다는 생각을 했다.

실패를 두려워하지 마!

　아침 일찍 눈을 떠놓고 이부자리에서 몇 시간이나 뒤척이던 샛별은 결국 자리를 박차고 일어났다. 몇번이나 확인했던 시계를 다시 확인했다. 오전 10시가 넘어가고 있었다.

　"오늘 10시 공모전 발표."

　지난달에 출품했던 판타지 소설 공모의 결과가 발표되는 날이었다. 큰 기대는 하지 않았지만 그래도 핸드폰 문자를 확인하려니 살짝 떨렸다. 문자메시지는 없었다. 발표 사이트에 들어가 확인했다. '혹시나' 했지만 '역시나'였다. 이번이 네 번째 도전이었는데 다시 실패의 쓴잔을 마시게 됐다.

　"전 국민 대상 판타지 소설 공모전은 아직 중학생에겐 너무 무리인가?"

매번 탈락할 때마다 속상했다. 물론 탈락할 때마다 엄마와 아빠는 위로해 주셨다. 아직 어리니까, 오히려 그 나이에 장편 판타지 소설 공모에 당선되는 게 더 이상한 것이라고.

하지만 사실 그런 말이 더 속상했다. 나는 물론 어리다. 그래도 장편소설을 쓰기 위해 주말의 경우 많을 때는 8시간을 소설작업에 투자하기도 했다. 우울했다. 꼭 공모전에 떨어졌기 때문만은 아니었다. '혹시 내게 재능이 없는 건 아닐까?' 하는 맘이 더 두려웠다.

샛별이 탁 숨을 거칠게 내쉬었다. 몸을 일으켜 물부터 한 컵 마셨다. 그리고 다시 이불 위에 누웠다.

"다음에는 정말 단편 소설 부문에 도전해야 하나……."

이런 저런 생각이 자꾸 꾸역꾸역 밀려와 머리를 어지럽혔다. 하루 종일 일이 하나도 손에 잡히지 않고 손에 잡히는 책을 읽다가 졸다가 그러다 보니 저녁이 됐다.

사회복지사로 일하시는 엄마는 오늘도 정시에 퇴근하셨다.

"엄마."

"응?"

"엄마, 나 판타지 소설 공모전에 또 떨어졌어."

"그래? 안됐구나. 하지만 괜찮아. 다음에 또 도전하면 되지 뭐. 다음에 도전할 작품은 구상해 뒀고?"

"아직. 좋은 소재를 찾지 못했어."

엄마가 익숙하게 위로했다.

"실패는 누구나 하는 거야. 사는 건 늘 실패의 연속이기도 하고. 그러니까 중요한 건 '실패를 어떻게 받아들이냐'인 거지. 모든 성공한 사람들도 다 실패를 딛고 그 자리에 있는 거고. 엄마는 샛별이가 실패를 잘 받아들여 더 성장하는 사람이 됐으면 좋겠어."

엄마는 특별히 샛별을 위해 맛있는 김밥을 싸주시겠다고 했다.

샛별은 방으로 올라왔다. 하루 종일 우울해 있던 샛별에게 위로했던 크레아티오도 오늘만큼은 기분이 처져 있었다. 크레아티오는 샛별이 들어서자 한참 만에 보는 친구처럼 반겼다.

"샛별님은 내일이 되면 기분이 좋아지고 다시 멋지게 도전할거잖아요."

"그건 그렇지."

"도전을 하다보면 실패할 때도 있고 성공할 때도 있지요. 사실 샛별님은 그동안 성공한 것도 아주 많잖아요. 잘 하고 칭찬받고 성공했던 경험을 떠올려 봐요."

크레아티오의 말을 들으니 다양한 글쓰기 공모전에서 수상한 추억이나 지난번 창의교실 강사님께 칭찬받은 일들이 떠올랐다. 샛별은 기분이 좀 나아졌다.

"샛별아, 김밥 다 쌌다. 먹으러 내려와!"

"네. 알았어요."

샛별의 목소리가 아까보다 한결 밝아졌다.

"꼭 공모전에 당선되거나 유명한 작가가 되기 위해 글을 쓰는 건 아니잖아. 재미있고 즐겁게 도전하다면 수상도 하는 거니까."

샛별은 그렇게 생각하며 엄마가 싸주신 김밥을 맛있게 먹었다.

5장
함께 하는 소통지능의 힘

밀 한 알이 땅에 떨어져 썩으면?

어느 토요일 저녁. 식사를 마치고 방에 들어온 샛별에게 크레아티오가 책 한 권을 내밀었다.

한알중학교

아빠의 졸업앨범이었다.

"이건 왜?"

"학교 이름이 참 인상적이어서요."

샛별은 몇 번 그 앨범을 봤지만 그 학교 이름에 대해 한 번도 특별하게 생각해 본 적은 없었다.

"한 알이 한 알, 두 알, 할 때 그 한 알이에요?"

"글쎄. 그러고 보니 나도 좀 궁금한데. 잠깐만."

샛별이 방을 나왔다. 아빠는 마침 싱크대 앞에서 저녁 설거지를 하고 계셨다. "아빠가 다닌 중학교 이름이 한 알 두 알 할 때 그 한 알 맞아요?"

아빠가 샛별을 향해 돌아보았다.

"맞아! 그 한 알이야."

"신기한 이름이네요."

"아, 그건 성경에서 따온 단어라서 그래. 기독교 재단의 학교였거든. 요한복음에 보면 '밀 한 알이 떨어져 썩지 않으면 한 알 그대로 있고, 썩으면 많은 열매를 맺으리라'하는 구절이 있는데 거기에서 따온 단어지."

아빠는 미소를 지으며 샛별을 쳐다보았다.

"그게 무슨 의미인가요?"

"그 질문 지금까지 살면서 아주 많이 들었던 질문인데……."

아빠는 설거지를 잠시 멈췄다.

"잘 생각해 봐. 썩지 않은 밀은 자신을 버리지 못하고 소통할 수도 없지. 그런 한 알은 시간이 흘러도 어떻게 되겠니?"

"뭐, 계속 한 알 그대로 있겠죠?"

"그렇지! 반대로 그 한 알을 봄에 씨로 뿌리면 흙과 소통이 되고 자기 몸은 썩어 양분이 되잖아. 그럼 어떻게 될까?"

"싹이 트겠죠?"

"오케이! 봄의 새싹은 여름에 무럭무럭 성장하게 되고 가을에 풍성한 열매를 맺어 추수할 수 있겠지."

익숙한 이야기였다. 마치 똑같은 '참 잘했어요!'라는 칭찬 도장이 일기장 페이지마다 매일 찍혀있는 느낌이랄까?

"아, 알겠어요. 밀 한 알은 그저 밀 한 알이 아니라 밀이 창조되는 과정으로 봐야 한다는 거죠?"

샛별은 자신도 모르게 이렇게 대꾸했다.

샛별의 말에 아빠가 놀라운 표정을 지었다.

"오, 그렇지. 많은 열매를 맺을 수 있는 밀 하나의 창의인재가 되라는 깊은 뜻이 학교 이름에 들어있는 거야!"

아빠는 환하게 웃었다.

"창의인재의 밀 한 알이 되기 위해선 봄과 흙이 만나 싹을 틔워야 한다는 말이군요?"

"우와, 우리 딸 천재 아냐?"

샛별은 히죽 한 번 웃어주었다.

창조되는 과정으로 보라! 크레아티오가 샛별에게 계속 하고 있는 바로 그 이야기. 세상이 창조되는 원리를 전체과정으로 보면 같은 패턴이라는 의미였다.

샛별이 방으로 들어왔다. 크레아티오는 침대에 걸터앉아 다리를 흔들거리고 있었다.

"밀 한 알을 봄에 뿌려요. 자신의 몸이 썩어 세상과 통하면 새싹이 트고 여름에 무럭무럭 자라 가을에 추수를 하면 겨울에 풍성한 양식이 되지요.”

“왜 자꾸 남의 이야기를 엿듣는 거야!”

샛별이 눈을 흘기며 크레아티오의 이마에 손가락을 튕겼다. 얼결에 딱 밤을 얻어맞은 크레아티오가 이마를 감싸며 징징거렸다. 샛별이 스마트 폰을 꺼내 다음과 같이 메모해 두었다.

한 알의 소통

* 밀 한 알이 썩지 않고 그대로 있다는 건? : 밀 한 알 그대로 있음
* 밀 한 알이 땅에 떨어져 썩는다는 건? : 봄의 생각주머니 →

　　　 땅과 거름 → 새싹 → 성장과 추수 → 많은 열매 창조

이렇게 적고나서 샛별은 스스로에게 질문을 던져 보았다.

“나는 과연 어떤 한 알이 될 수 있을까?”

미래 창작자들이여, 파이팅!

며칠 뒤 샛별의 스마트 폰에 문자 하나가 들어왔다.

😀 영상기획서와 시나리오는 어디까지 쓰셨습니까? 굼벵이씨!

학교홍보영상 시나리오 작업을 묻는 정아였다. 샛별은 문자를 본 순간 또 기분이 팍 상했다. 그나마 굼벵이에 '씨'를 붙여주긴 했지만.

😑 거의 마지막 정리 중. 오늘 저녁까지 다 보낼 거야.

일단 앞부분부터라도 촬영에 들어가는 게 좋겠다고 정아가 제안해서 샛별은 그러기로 했었다.

😑 먼저 넘긴 시나리오 앞부분 작업은 잘 돼 가?

😀 물론, 앞부분은 거의 다 완성했어. 굼벵이씨~.

정아는 성실히 작업에 임했고, 의외로 답장도 바로바로 잘 보내 왔다. 하지만 그 놈의 굼벵이 소리는 여전했다. 아이고. 샛별이 뒷

목을 짚었다가 이어서 날아온 문자를 확인했다.

💬 지금까지 제작한 영상을 보내줄까?

💬 그래. 난 영상을 보면서 나머지 시나리오를 빨리 정리해서 보내줄게.

영상은 금방 왔다. 화면은 크게 흔들리지 않았고, 핸드폰 카메라로 찍은 것치곤 구성도 나쁘지 않았다.

다시 정아에게 문자를 보냈다.

💬 괜찮은데. 편집만 잘하면 바로 출품해도 될 정도야.

그러나 정아는 자기 작품이 영 맘에 안 든다는 투로 회신을 보내왔다.

💬 중요한 부분에서 좀 흔들렸잖아. 영상을 세련되게 만들려면 몇 부분을 다시 촬영하고 편집해야 할 것 같아.

샛별이 고개를 갸웃하며 답장을 날렸다.

💬 아니, 핸드폰 카메라로 찍은 거치고는 되게 잘 찍었어. 마감도 얼마 안 남았고, 1차 기획안 접수니까, 시나리오가 중요하고 샘플 영상은 이런 식으로 본 영상을 제작하겠다는 정도만 보여주면 되는 거 아냐?

즉각 답신이 왔다.

💬 샘플이라도 완벽해야지.

정아의 생각은 달랐다. 샛별은 정아가 너무 예민하게 구는 거 아닌가 하는 생각이 들어 다시 문자를 입력하기 시작했다.

🌑 마감에 못 맞추면 모든 게 꽝이잖아! 1차 샘플용이니까 그냥 내면…….

이렇게 문자를 입력하던 샛별이 갑자기 움직이던 손가락을 멈추었다. 옆에서 흘끔거리며 보던 크레아티오가 샛별의 어깨를 툭 쳤기 때문이었다.

"친구 분은 샘플 영상이 만족스럽지 않나 봐요. 완벽주의자이신가?"

"글쎄. 마감기간이 바로 코앞인데 재촬영에 후반부까지 찍겠다잖아!"

"음, 그래도 친구 입장에서 한 번 생각해봐요. 샛별님이 하는 작업이 가장 소중한 것처럼 친구가 맡은 부분도 그 분에겐 가장 소중한 걸 거예요. 서로 다른 소중한 걸 합쳐야 더욱 멋진 창조가 완성될 테고요."

크레아티오가 눈을 찡긋 했다.

"샛별님도 최고의 시나리오를 쓰고 싶잖아요. 친구도 영상 만드는 일을 완벽하게 하고 싶을 수 있죠."

샛별은 입을 다물었다.

"이왕이면 샘플영상도 멋지면 좋겠죠?"

"……하지만 마감이 너무 촉박한데."

샛별은 다양한 공모전에 도전한 경험이 있어서 시간적 여유를 두고 마감시키는 게 좋다는 걸 알고 있었다. 실제 마감시간이 거의

다 된 와중에 출품 사이트가 접속이 끊겨 작품을 접수시키지 못한 적도 있었기 때문이었다.

샛별이 한참 생각에 골몰하더니 입력된 문자를 지우고 다시 처음부터 이렇게 썼다.

🧑 알았어. 그럼 네 말대로 최고의 샘플영상으로 만들어 봐. 대신 마감일과 시간을 고려해서 마감 2시간 전까지 모든 걸 완료해서 출품하는 걸로 할 테니까. 나도 최대한 빨리 시나리오를 마무리해서 보낼게.

다행스럽게도 정아에게 바로 답장이 왔다.

🧑 그래, 마감 시간은 반드시 지킬 거야.

크레아티오는 소녀의 모습으로 샛별에게 윙크를 날렸다. 샛별은 뭔가 생각난 듯 다시 빠르게 문자를 입력했다.

🧑 그리고 난 네가 나를 굼벵이라고 부르는 게 싫어. 이제 그 별명은 부르지 말아줬으면 좋겠어.

🧑 아, 자꾸 습관이 돼서. 우리 작품이 1차 무사통과되면 내가 그 기념으로 별명 부르는 거 딱 잘라주지. 약속해!

문자의 내용을 물끄러미 보던 샛별이 묘한 표정을 지으며 핸드폰을 내려놓았다.

크레아티오는 귀여운 표정을 지으면서 말했다.

"최고의 미래 창작자들이여! 힘내요. 파이팅!"

듣기 말하기 쓰기!

크레아티오는 책장 한 귀퉁이에 빼곡하게 꽂혀있는 초등학교 때 사용했던 교과서를 훑어보며 교과서 이름을 하나씩 읽어나갔다.

"국어, 수학, 도덕, 즐거운 생활, 슬기로운 생활, 체육, 음악, 영어, 듣기말하기쓰기……."

샛별은 방학숙제를 하다 고개를 들었다.

"어, 초등학교 교과서를 아직 안 버리고 있었네?"

샛별이 머리를 긁적이며 제일 오른쪽에 꽂혀 있는 '듣기말하기쓰기' 교과서를 뺐다. 묵은 손때가 잔뜩 묻어있었다.

옛날 교과서를 보니 초등학교 때가 떠올랐다.

"크레아티오."

"네?"

"혹시 왜 '듣기말하기쓰기'에서 듣기가 제일 먼저 오는지 알아?"

크레아티오가 눈을 둥글게 휘어 뜨며 웃었다.

"말하는 것보다 듣는 게 더 중요해서?"

샛별이 짐짓 아쉬운 표정을 지으며 말했다.

"나도 그렇게 생각해."

이번엔 크레아티오가 선생님처럼 질문을 던졌다.

"샛별 학생? 상대방의 말을 잘 듣는 걸 '경청'이라고 해요. 그렇다면 경청은 무엇과 무엇의 연결일까요?"

크레아티오가 샛별이 쥔 '듣기말하기쓰기' 교과서를 가리키며 말했다.

"그거야 말하는 사람과 듣는 사람이겠지. 말을 하는 것은 '내 생각'이고, 듣는 게 '남의 생각'이니, 이 둘이 만나 서로의 정보나 마음이 통하도록 하는 게 경청 아닐까?"

"좋아요. 그럼 질문 하나 더! 만약 샛별님 아빠가 급하게 "물을 좀 갖다 줘"라고 부탁하면 어떻게 하실 거예요?"

샛별이 고개를 갸웃했다.

"정수기 물을 갖다 드리면 되잖아!"

크레아티오는 잠시 생각에 잠겼다가 입을 열었다.

"한 번 더 생각해봐요."

"한 번 더 생각해보라고?"

"네, 물이 필요한 상황은 굉장히 많잖아요."

크레아티오가 힌트를 줬다.

"아빠가 정원의 식물에 물을 주기 위해 갖다 달라고 했던 거였다면?"

"그러니까 그냥 물이 아니라 아빠가 있는 곳, 물이 필요한 상황을 파악해야 아빠에게 정말로 필요한 물을 갖다 드릴 수 있다는 얘기야?"

"짝짝!"

크레아티오가 박수를 몇 번 쳤다.

"만약 아빠가 화분을 살피고 있고 물뿌리개를 흔들고 있다면 아빠의 요구를 좀 더 확실하게 파악할 수 있겠지요."

크레아티오는 잠시 숨을 고르고 말을 이어나갔다.

"우리가 다른 사람들의 말을 잘 들어야 하는 이유는 새로운 창조의 싹을 틔우기 위해서예요. 만약 자기가 하고 싶은 말만 하거나 자기 생각만 고집하는 사람들은 절대 다른 사람과 서로 연결되지 않고 연결되지 않으면 두근두근 싹도 없고 싹이 트지 않으면 멋진 창조는 일어나지 않으니까요."

"경청이 창조의 싹을 틔운다? 그럴듯한데?"

샛별의 말에 크레아티오가 이렇게 맞장구를 쳤다.

"하지만 중2병에 걸리면 부모님이나 선생님들께 경청을 안 한다면서요?"

샛별은 크레아티오에게 어깨를 으쓱해 보였다.

"난 안 그러거든. 지금 너한테도 완벽하게 경청하고 있는 거 봐. 내가 친구들에게 하늘에서 온 천사와 매일 이야기하며 산다고 말하면 모두들 내가 판타지 소설을 쓰다 아주 맛이 갔다고 할 게 뻔해."

샛별이 발끈하자 크레아티오가 손사래를 쳤다.

"헤헤. 그건 인정, 앞으로도 계속 저의 말을 경청해 주십시오."

크레아티오와 샛별이 서로 배꼽을 잡고 웃었다.

창의적으로 부모님 설득하기

"엄마. 이번 주 토요일에 판타지 소설 박람회가 열리는데 거기 가도 돼."

"얼마나 시간이 걸리는데?"

"지하철 타고 1시간쯤 걸려."

엄마가 눈살을 찌푸렸다.

"안 가는 게 좋지 않겠어? 너 완전 길치에다 방향치잖아."

"괜찮아, 지하철 노선도만 잘 확인하면 안 헤맬 수 있어."

"동네 지하철 출구조차 못 찾아서 전화를 한 게 누구였더라, 어쨌든 안 돼. 지하철 미아로 경찰서에서 전화 오게 만들면 안 되지."

할 말이 없었다. 샛별은 긴 한숨과 함께 자리에서 일어났다.

샛별이 방 안으로 들어와 침대에 누웠다.

"짜증나……."

샛별은 눈을 감은 채 관자놀이를 짚었다가 눈을 떴다.

크레아티오가 깜짝 놀랐다.

"무슨 일 있어요?"

"가고 싶은 곳이 있는데 엄마가 허락을 안 하셔서."

"어디 가고 싶은 데요?"

"응. 판타지 소설 박람회라고, 여러 유명한 판타지 소설 작가도 참석하고, 아마추어 판타지 작품들도 구매할 수 있는 곳. 그런데 엄마가 나 길치라고 안 된데. 왕복 2시간 정도 지하철을 타야 하거든."

크레아티오는 샛별의 말을 듣고 혀를 찼다.

"어떤 부모라도 걱정하겠네요?"

"지하철은 이제 잘 탈 수 있다니깐……."

샛별이 좀 흥분하자 크레아티오는 살짝 미소를 지으며 분위기를 가라앉혔다.

"그럼 어머니를 설득할 수 있는 방법을 한 번 찾아봐요."

"어떻게?"

"창조적으로 생각해 보면 좋은 아이디어가 나오겠죠?"

"창조적으로?"

샛별은 스마트 폰 메모 창을 열어 훑어보면서 이젠 습관이 된 듯 창조의 과정을 떠올려 보았다. 창조의 과정이라면 공통의 무대를 만들어 그 위에 두근두근 서로 다른 생각을 올려놓고 착상시켜 성장시키면 창조가 일어난다고 이젠 자다가도 생각날 정도였다.

생각주머니: 엄마와 나의 공통 관심사는 무엇이지? 그건 내 미래이고 내 꿈이겠지!

두근두근: 내 꿈을 이루는 데 필요한 요소가 엄청나게 많다는 것과 엄마의 걱정을 없앨 수 있는 방법!

새싹: 한마디로 놓칠 수 없는 나의 소중한 기회라는 점을 알려야지.

쑥쑥: 길치지만 안전하게 잘 갔다 오는 방법.

창조: 다녀오면 얻을 수 있는 점.

샛별은 이렇게 창조과정에 따라 순서대로 생각해 보니 정말 좋은 아이디어 하나가 떠올랐다. 생각주머니를 넓혀서 그 안에 지우를 포함시켰다.

"아, 맞다. 지우를 함께 데려가면 되잖아."

크레아티오도 고개를 끄덕였다.

샛별은 먼저 지우에게 자초지종을 설명하고 함께 가자고 부탁했다. 소설판타지 박람회에 함께 가주면 지우가 가장 좋아하는 팥빙수를 사주고 일기쓰기 방학 숙제도 도와주겠다고 협상했다. 지우는 바로 좋다며 승낙했다.

저녁 식사시간에 샛별은 몇 가지 더 치밀한 설득계획을 점검한 후 부모님께 말씀 드릴 것이 있다고 말문을 열었다.

"엄마 아빠, 제 꿈이 뭔지 아시죠?"

"작가잖아!"

엄마의 말에 아빠가 웃으며 엄마의 어깨를 툭 쳤다.

"맞아요. 내 꿈은 판타지 소설가예요. 이번 주 토요일 판타지 소설 박람회가 열리는데 거기에 제가 좋아하는 판타지 작가도 오고 프리마켓시장도 열려서 아마추어 판타지 작품들도 사고팔 수 있는 다양한 행사가 열리거든요. 내가 그동안 썼던 판타지 작품도 시장에 내놓아 평가를 받을 수 있는 좋은 기회라고 생각해요."

아빠가 샛별의 말을 받았다.

"너에게 좋은 기회가 되겠네?"

"네, 완전 나를 위한 샛별박람회라니깐요. 그래서 말인데, 이번 박람회에 꼭 참석하고 싶어요."

아빠는 승낙해주고 싶은 눈치였지만 엄마 눈치를 살피고 있었다.

"넌 길치라서 가고 오는데 길 잃을까봐 위험해. 그래서 안 된다고 한 거야."

엄마는 다시 반대하고 나섰다.

샛별은 예상했던 엄마의 답변이 나오자 심호흡을 한 차례 한 후 준비한 말을 이었다.

"엄마, 그건 전~혀 걱정하지 마. 이번에 지우와 함께 가기로 했으니까. 우리 똑똑한 동생 지우가 누나의 완벽한 보디가드가 돼 주기로 약속했거든. 그치 지우야?"

지우는 생글생글 웃으며 손가락으로 오케이를 표시했다.

"지우랑 계속 같이 다니면 걱정할 거 없어. 핸드폰으로 지하철 노선도를 검색해서 함께 박람회장 찾아가고 집에 오는 것도 어렵지 않아."

엄마는 잠시 망설이는 눈치였다.

샛별은 이때를 놓치지 않았다.

"내가 이번 박람회 한 번 다녀오면 내 판타지 소설을 마켓에 소개하고 평가를 받아올게. 실력도 알아볼 수도 있고. 그럼 더 좋은 소설을 쓸 수 있을 거야. 엄마, 아빠 허락해 줄 거죠?"

샛별의 설득작전에 마지막 애교까지 작렬!

결국 엄마는 웃으며 말했다.

"그럼 오후 5시까지는 집에 오겠다고 약속해. 그럼 허락할게."

"와, 당근이지. 고맙습니다."

샛별은 환호성을 질렀다.

이해하면 사랑하게 돼!

판타지 소설 박람회가 열리는 날, 샛별은 아침부터 서둘러 이것저것 준비사항을 점검했다. 소설작품 출력물과 돗자리나 매직세트, 홍보 문구를 적을 빈종이 몇 장도 챙겼다.

오픈 시간은 10시 30분이었다. 아침 8시가 넘었으니 이제 두 시간 남짓 남았다. 핸드폰 액정을 터치하던 샛별은 문자메시지 표시를 발견했다. 2분 전쯤에 민진으로 부터 온 문자였다.

샛별아, 미영이라고 알아?

미영이라면 같은 도서 부원이었다.

도서부원?

민진이 답장을 해 왔다.

응. 걔도 오늘 판타지 소설 박람회에 간대.

오. 진짜?

미영이랑 친해?

그냥 조금 아는 정도?

그럼 이번 기회에 서로 친해져 봐.

오케이.

샛별이 핸드폰을 내려놓았다. 서둘러 샤워를 마친 후 축축한 머리카락을 헤어드라이어로 말리며 시간을 확인했다.

9시 10분. 잠자는 지우를 깨웠다. 다행히 '박람회 가는 날'이라고 말하자 눈을 비비며 잘 일어났다. 지우도 소풍가는 것처럼 느껴져 싫지는 않은 모양이다.

마침 아빠가 안방 문을 열고 나오셨다.

"오늘 판타지 소설 박람회 가는 날이지?"

"네, 지우랑 다녀올게요."

"응, 잘 갔다 와. 어제 아빠가 빵 사 놨으니 들고 가서 먹어. 꼭 음료수나 우유를 사서 같이 먹어. 목이 막히면 안 되니까. 무슨 일 있으면 꼭 전화하고."

"알았어요."

지우와 함께 샛별은 지하철을 타고 미리 확인해둔 역에 내려 환승을 했다. 지우가 앞장서서 길을 안내했다.

도착역에 내려 박람회까지 걸어가는데 조금 헷갈리기는 했지만 미리 찍어놓은 '찾아오시는 길'을 보고 따라가자 금방 입구가 나왔다.

"어, 샛별아!"

그 때 저 멀리에서 샛별을 부르는 소리가 들렸다. 빵 봉지를 뜯던 샛별이 고개를 돌렸다.

"미영아!"

미영이 반갑게 손을 흔들었다.

"하이 헬로! 민진에게 너도 박람회 온다고 들었어."

"나도."

"아침은 먹었어? 빵이 있는데 뭐 먹을래? 소보로 빵이랑 크림빵이랑 마늘빵이랑……."

"소보로 빵으로!"

미영이 밝게 외쳤다. 샛별이 소보로 빵 하나를 끄집어 미영에게 내밀었다. 미영이 고맙다고 인사하며 빵을 받았다.

"아침부터 이런 걸 사 왔어?"

"우리 아빠가 박람회장 가서 먹으라고 챙겨주셨어."

샛별이 뜯은 크림빵을 물어뜯으며 물었다.

"아빠가 꼭 빵 먹을 때 음료수랑 같이 먹으라고 했는데, 내가 주스나 우유 사 올까?"

샛별의 말에 미영의 표정이 갑자기 굳어졌다.

"'아빠' 이야기 그만 하지!"

"어?"

샛별이 당황하면서도 고개를 끄덕였다.

"아, 응……."

샛별은 살짝 분위기가 어색해져 크림빵만 우물거리며 먹었다. 미영도 소보로 빵을 조용히 물었다. 크림빵의 크림은 샛별의 입맛에 적당히 달았고, 맛있었다.

박람회장에 들어서자 볼거리와 놀 거리가 굉장히 많았다. 평소 좋아했던 판타지 작가들의 강연도 듣고 사인도 받았다. 더구나 그동안 썼던 판타지 소설제본도 마켓에서 모두 팔았다.

샛별은 대만족이었다. 미영과 지우랑 함께 집으로 오는데 지하철 갈아타는 곳에서 한번 헤매긴 했다. 하지만 지우가 지나가는 아저씨에게 물어 무사히 잘 갈아 탈 수 있었다.

"미영아, 지우랑 난 팥빙수를 먹기로 했어. 혹시 너도 같이 갈래?"

"아니, 난 그냥 집에 바로 들어갈래."

미영이는 눈인사를 하고 돌아섰다.

"미영아, 잘 가, 개학하면 또 보자."

"응."

샛별이 지우와 팥빙수 가게에 도착하여 자리를 잡은 후 민진에게 전화를 걸었다.

"여보세요."

"여보세요, 민진아? 오늘 박람회에서 정말 미영이 만났어."

"친해졌어?"

"어, 그러긴 한 것 같은데, 미영이가 좀 이상했어."

"왜, 미영이랑 무슨 일 있었어?"

"응. 오늘 내가 아빠 얘기를 몇 번 꺼내니까 갑자기 화를 내서 좀 당황스럽더라고."

민진이 잠시 어물거리는 듯 하다가 말했다.

"너 몰랐구나, 얼마 전에 미영이 부모님께서 결국 이혼해서 지금은 엄마하고만 산대. 미영이가 아빠를 많이 좋아했잖아. 아빠 이야기가 좀 불편했나 봐."

"아!"

샛별이 그제야 미영이가 아침에 왜 그랬는지 이해할 수 있었다.

"난 그런 줄도 모르고 '우리 아빠! 우리 아빠!' 했으니."

민진이 말했다.

"뭐, 너무 신경 쓰진 마! 다른 사람의 마음을 다 알 순 없잖아."

"정말 아는 만큼 이해하고 이해하는 만큼 소통한다는 말이 맞는 거 같아."

"샛별, 말하는 것 좀 봐. 넌 철이 너무 많이 들었어. 완전 애늙은이 같다고."

전화를 끊고 샛별은 본의 아니게 미영이의 마음을 아프게 한 것이 미안했다. 그래도 개강이 되면 미영이랑 더 친해질 수 있을 것이란 자신감도 생겼다.

그 순간 샛별은 또 하나의 이름이 입가에 맴돌았다.

정아.

어쩌다 동영상을 함께 만들게 되었지만, 아직 가슴속에 맺힌 응어리는 풀리지 않은 채 그대로였다.

정아와도 내가 알지 못하는 오해가 있지 않을까? 샛별은 잠깐 그런 생각이 들었다.

지우는 티라미슈 초콜릿이 듬뿍 들어간 팥빙수를 '누나 먹어봐' 한 번 권하지도 않고 숟가락을 쪽쪽 빨며 맛있게 먹고 있었다.

우리는 환상의 드림팀

정아에게서 문자메시지가 날아왔다.

🧑 큰 일 났어.

샛별이 얼른 답장을 보냈다.

🧑 왜?

🧑 샘플 영상물 다 만들었다고 했잖아. 이제 출품 1시간도 안 남
았는데 요강을 다시 보니까 내라는 영상파일 형식이 달라. 우린 영
상을 mp4파일로 만들었는데 WMV파일로 출품해야 된대. 근데 지
금 나한테 파일 변환기가 없어.

- 그럼 어떡하…….

샛별이 거기까지 쓰다 멈칫했다. 문득 좋은 생각이 떠올라 쓰던
것을 멈추고 다시 문자를 입력했다.

🗨️ 잠깐만, 내 동생 지우가 자기가 하는 게임을 영상으로 제작해 자주 유튜브에 올리니까 한번 물어볼게.

샛별은 곧바로 지우 방으로 뛰어갔다. 사정을 말하자, 지우는 생색이란 생색을 다 내면서도 도와주겠다고 했다. 지우가 영상파일 변환프로그램을 내려 받아 이리저리 변환과정을 거치더니 거의 30분 정도 걸려 영상파일 변환에 성공했다.

"후우……."

샛별은 한숨을 길게 내쉬었다. 한 바탕 전쟁을 치룬 기분이었다.

우여곡절 끝에 마감을 겨우 몇 분 남겨두고 간신히 접수를 마쳤다. 2주가 넘는 동안 정아랑 몇 번의 회의도 하고 수많은 톡을 주고받으며 만든 기획안과 샘플영상이 이제 우리의 손을 떠났다.

정아랑 한 팀으로 과연 영상작품을 출품할 수 있을까? 솔직히 처음엔 걱정도 했었다. 그래도 1차 출품을 무사히 완료해 제출한 것도 거의 기적이라고 믿고 싶었다. 마음은 정말 홀가분했다.

며칠 후 드디어 학교로부터 샛별에게 문자가 날아 왔다.

💬 영상물 기획 1차 예선 통과. 개강 후 멋진 완성작품을 기대합니다.

비록 1차 예선이었지만 전교생 중 겨우 13팀이 본선에 진출했다.

고생한 만큼 날아갈 듯이 신났다. 문자를 받았다는 정아에게도 바
로 톡이 왔다.

🙂 샛별, 우리가 정말 해냈어. 야호!

샛별도 정아에게 축하의 문자를 보냈다. 그리고 다음과 같이 톡
을 날렸다.

🙂 그 약속 잊지 않았지?

🙂 당근이지. 이제 절대 너에게 별명을 부르지 않을게! 맹세해.

샛별은 정아에게 남아있던 미운 감정을 털어낼 수 있다는 게 기
뻤다. 샛별은 누구보다도 기뻐해 주실 아빠, 엄마와 지우에게 기쁜
소식을 바로 알렸다.

🙂 오. 축하 축하.

바로 아빠에게 회신이 왔다.

🙂 1차 예선 통과라니까요.

🙂 에이, 예선이라도 통과한 게 중요하지. 친구랑 역할 분담이 잘
이뤄졌나 보네.

🙂 네, 근데 지우도 한 몫 거들었어요.

🙂 출품할 때 쇼했다는 이야긴 들었어. 너흰 서로의 재능을 하나
로 합친 환상의 드림팀이야. 마지막까지 최선을 다해서 좋은 결과

가 있길 응원할게.

　　아빠의 문자에 샛별이 잠시 지난 과정이 떠올랐다. 시나리오 주제를 잡지 못해 끙끙대다가 아빠에게 조언을 얻어 시나리오의 틀을 잡을 수 있었다. 영상 완성도 문제로 정아랑 갈등이 있었지만 크레아티오의 조언을 듣고 잘 넘어갈 수 있었다. 출품할 때는 지우에게 큰 도움도 받았다.

　　돌이켜 보면 정아와 협력도 잘 했다. 6학년 때 한 번 심하게 다툰 이후로 절대로 정아와 다시 엮일 일 없을 거라 생각했지만 다시 만나고 갈등하고 타협하고 힘을 합친 것이다.

　　사실 샛별 혼자였다면 아마 영상에 대해 잘 몰랐기 때문에 도전조차 망설였을 지도 몰랐다. 또 도전했어도 출품이나 예선통과까지 정말 쉽지 않았을 것이다. 사람들은 누구나 자신에게는 잘하는 한 가지가 있다. 그 능력들이 한 곳에 모이면 불 피우기처럼 정말 큰일을 해 낼 수 있다는 사실도 이번 기회에 알게 됐다.

　　크레아티오도 1차 통과 소식에 크게 기뻐했다.

　　"팀플레이 짱!"

　　언젠가 아빠가 협력이 얼마나 중요한지 말씀해 주신 적이 있었다. 세상을 멋지고 위대하게 변화시킨 사람들은 사실 혼자가 아니라 팀이었다고 하셨다.

　　삼국지에 유비, 관우, 장비, 제갈량도 멋진 한 팀이었다. 중국 황제 유방도 천하무적 라이벌 항우를 이긴 비결은 바로 장량, 소하, 한신이라는 팀이 있었기 때문이라고 했다.

크레아티오가 준 노트에도 아빠의 이야기와 비슷한 글이 있었다. 어린 왕자를 쓴 생텍쥐페리의 글귀였는데, 스마트 폰에 메모했었다.

먼저 당신이 배를 만들고 싶다면
사람들을 불러 모아 목재를 가져오게 하고 일을 지시하고
일감을 나눠 주는 일을 하지 마라.
대신 그들에게 저 넓고 끝없는 바다에 대한 동경심을 키워줘라.

샛별은 '자신이 그럴 수 있는 능력이 있다면 얼마나 좋을까?' 하는 생각을 잠시 했다. 그 때 크레아티오는 샛별의 얼굴을 빤히 보다 작은 손을 내밀어 악수를 청했다.

"샛별님, 우리도 우리의 멋진 판타지 소설을 써요."

"우리의 판타지 소설?"

샛별은 화들짝 놀랐다. 샛별과 크레아티오는 말없이 서로 눈을 바라보았다. 이럴 때 마음이 서로 통했다고 하나. 샛별은 크레아티오가 자신에게 무슨 말을 하려는지 이미 잘 알고 있었다.

'우리의 판타지.'

샛별은 마음속으로 다시 한 번 읊조렸다. 사실 샛별은 크레아티오의 만남에 대한 신비로운 이야기를 줄곧 생각해왔다. 크레아티오가 살포시 웃음을 지었다. 샛별도 크레아티오의 손을 꼭 잡았다.

6장
창의 인재가 되어 미래를 꿈꾸어라!

프랙탈 기하학과 창의성의 비밀

샛별은 이제 굵직한 숙제들을 끝냈다. 그래서 그동안 구상해 두었던 새 판타지 소설을 본격적으로 연재하기 시작했다. 이야기의 시작은 이랬다.

> 프로메테우스는 불을 훔쳐 인간에게 주었다. 제우스가 불을 훔친 대가로 프로메테우스를 카프카스 바위에 묶고 독수리에게 간을 쪼아 먹게 했다. 하지만 그 간은 끊임없이 다시 회복되곤 했다. 어느 날 제우스는 프로메테우스의 딸 크레아티오를 불렀다. "아버지를 형벌에서 면할 방법이 있으니 그건 네가 인간 세상에 하늘의 창조원리를 알려주는 것"이라고 말했다.

샛별은 새 소설을 연재하면서 틈틈이 크레아티오가 준 창조공식을 정리해 놓은 노트와 스마트 폰의 메모를 참고했다. 노트의 경우 처음에 알 수 없는 내용들이 많았지만 이젠 대부분 어렵지 않게 이해할 수 있었다.

샛별은 마음속으로 기도했다. 이번의 판타지 소설은 꼭 구독자가 1만 명을 넘기를 바라고, 많은 이들이 좋아해주길 바란다고.

샛별은 방학동안 학기보다 훨씬 더 바쁜 하루하루를 보냈다. 사실 중학교에 들어와서 첫 학기를 자유학기제로 보낸 터라 어렵지 않게 중학교 생활을 시작할 수 있었다.

하지만 이번 방학은 달랐다. 신비로운 소녀를 만나 신기한 공부를 하게 될 줄은 꿈에서 조차 상상하지 못했다. 그래도 헤밍웨이의 '노인과 바다'는 이미 정독을 마쳤다. 정아와 함께 하는 학교홍보영상 본선 출품작의 작업도 스케줄대로 착착 진행 중이고, 방학 숙제나 공모전 글짓기도 착실히 진행 중이다.

"이제 방학도 얼마 남지 않았네." 샛별은 탁상달력을 확인한 후 크레아티오의 노트를 펼치다 문득 한 페이지에 눈길이 멈췄다. 그곳에는 다음과 같이 적혀 있었다.

창의성이란?
보이지 않는 생각주머니를 찾아
그 안에 서로 다른 걸 조합시킨 후 쑥쑥 키워
지금까지 없던 새로운 걸 창조하는 능력!

샛별은 눈을 감았다. 그리고 창조가 되는 전체의 과정을 다시 한 번 떠올려 보았다.

눈에 보이는 결과는 그 전에 성장이 있었기 때문이고 그전에 새싹이, 또 그전에 두근두근 만남이 있었기 때문이다. 물론 그 만남이 가능한 이유는 생각의 주머니가 미리 준비돼 있었기 때문이다.

그렇다면 새로운 것은 생각의 주머니(무대)에서 두근두근 만남이 이루어지고 착상(새싹)이 되고 성장(쑥쑥)을 거쳐 결과가 만들어지게 된다. 그렇게 창조된 것은 새로운 것과 만나 또 다른 창조의 과정을 거칠 것이다.

아기주머니인 자궁에 난자와 정자가 만나 착상이 되고 열 달을 성장하여 아기가 탄생한다. 그 아기는 다시 자라면서 사랑이란 주머니에 청춘남녀로 만나 프러포즈로 하나가 되어 데이트를 시작하고 연인이 된다.

연인은 또 결혼식장이란 무대에 신랑과 신부로 만나 하나가 되고 결혼식 행진을 거쳐 친척과 가족이 인정하는 부부가 탄생하며, 그 부부는 다시 가족이란 무대에 태어나는 아기와 만나 하나의 가정을 이룰 것이다.

그렇게 공동체라는 주머니에 가정과 다른 가정이 만나 착상이 되면 이웃이 만들어지고 다시 이웃과 이웃이 모여 사회와 나라로 이어진다. 세상은 분명 하나의 패턴이 끊임없이 복제되고 연결돼 있었다.

자연현상도 다를 바 없었다. 크레아티오가 언젠가 '프랙탈 (fractal) 기하학'에 대해 설명해 준 적이 있었다. 프랙탈이란 단순한 구조가 끊임없이 반복되면서 부분이 복잡한 전체 구조를 만드는 자연적 현상을 말한다. 크레아티오는 우주의 모든 것이 결국은 프랙탈 구조로 되어 있다고 말했다.

샛별은 이 단어에 흥미가 생겨 좀 더 자세히 알아 본 적이 있었다. 프랙탈은 프랑스 수학자인 만델브로트 박사가 '쪼개다'라는 뜻을 가진 라틴어 '프랙투스(fractus)'에서 따와 처음 사용했다.

이 자연현상은 '반복적인 복제성'과 '자기와 유사한 성질'이라는 특징을 가지고 있는데, 쉽쉽게 말해 작은 나뭇잎 모양이 모여 큰 나뭇잎이 되고 그것들이 모여 큰나무의 모양이 되는 패턴구조를 말한다.

주변에서 흔히 볼 수 있는 고사리 잎 모양이나 눈의 결정모양, 꽃이나 이파리의 모양, 창문에 성에가 자라는 모습, 자연적인 톱니 모양의 해안선 모양, 동물혈관 분포형태, 산맥의 모습, 인간의 폐나 뇌의 구조에도 모두 프랙탈이 숨어있다. 작은 모양이 큰 모양이 되고 큰 패턴 안에 작은 패턴이 숨어있는 것이다.

샛별이 크레아티오에게 프랙탈이란 용어를 처음 들었을 때 잘 이해할 수 없었다. 그런데 지금 생각해 보니 정말 세상만사가 똑같은 패턴으로 만들어진다면, 너무 간단한 그러면서 어쩌면 당연한 자연 현상일지 모른다는 생각을 하게 됐다.

왜냐하면 아기가 창조되는 패턴이 연인이나 부부, 가족이나 사회를 만드는 것처럼 자연 역시 그 패턴으로 프랙탈 구조를 만들고 세상을 만드는 것뿐이니까. 우주는 정말 온통 패턴이 복제되어 창조되고 있는지도 몰랐다.

생각천재란 누굴까? 혹 아기나 부부나 영상이나 작품이나 자연이나 우주 그 모든 것의 창조가 이루어지는 패턴이 같다는 걸 알아챈 사람이 아닐까?

사건이, 새로운 삶이, 세상이, 우주가 이 간단한 '창의공식'으로 창조된다는 사실을 안다면 그 패턴을 이용해 우리는 스스로 새로운 생각주머니를 발견하고 통찰하고 융합하고 예측하고 아이디어의 싹을 구조화하여 새로운 문명을 창조하는 진짜 생각의 힘을 얻을 수 있기 때문이다.

샛별의 머릿속에 한바탕 생각의 폭풍이 휩쓸고 지나갔다. 샛별은 어제보다 오늘, 오늘보다 내일 조금 더 창의적인 사람, 창조적인 사람이 되고 싶다는 생각을 했다.

미래 CEO를 꿈꾸어 봐

"엄마, 아빠. 내가 빙수카페 가서 한 턱 쏠게!"

일요일 점심을 먹고 난 후에 샛별은 의기양양한 얼굴로 엄마와 아빠께 말했다.

"오케이, 난 코코아에 조각 케이크!"

지우는 단박에 자기가 먹고 싶은 걸 말했다. '감금 지갑'이란 핀잔을 들을 정도로 도통 지갑에서 자기 용돈을 꺼내 한 턱 쏘지 않던 샛별이 먼저 맛있는 걸 사 주겠다며 자처하고 나서니 엄마와 아빠는 눈이 휘둥그레졌다.

"와, 짠순이 샛별이가 아빠랑 엄마한테 한 턱 쏘는 이유가 뭘까? 너무 궁금한데?"

아빠가 말했다. 샛별과 지우의 시선이 서로 맞닿았다. 샛별은 웃으며 숨기고 있던 것을 꺼냈다. "쨘!"

하얀 봉투였다. 샛별이 봉투를 열고 안에서 현금을 꺼냈다. 총 4만5천원. 엄마와 아빠가 놀란 표정을 짓자 샛별이 말했다.

"내가 직접 번 돈이에요!"

"4만5천원을?"

샛별이 고개를 끄덕였다.

"네. 지난 번 판타지 소설 박람회에서 최근에 썼던 단편 판타지 소설을 책으로 15권 제본하여 프리마켓에서 내놓았는데 전부 팔렸어요."

샛별은 봉투를 흔들어 보였다. 샛별이 쓰는 소설은 또래 청소년들과 초등학생 어린이들에게 인기가 좋았다.

이번 단편 소설은 방학하기 전 기말고사를 친 후 문득 '시험'에 관한 주제로 소설을 써보고 싶어 많이 고민하며 쓴 글이었다.

시험 치기 전의 고뇌와 시험 친 후의 고뇌까지 한 소녀의 상상과 갈등을 묘사한 이야기였다. 표지부터 단정한 교복에, 점수가 적혀 있지 않은 시험지를 안고 있는 소녀의 모습을 직접 그려 넣었다. 비록 3000원짜리였지만 제본 책이 모두 팔릴 거란 생각은 샛별도 하지 못했다.

샛별의 설명에 아빠가 가장 기뻐하며 박수를 쳤다.

"와, 네 소설이 정말 다 팔린 거야?"

"네……."

"샛별의 작품이 부가가치를 만들었네!"

아빠의 칭찬에 엄마는 믿기지 않는다는 듯 질문했다.

"중학생도 판매가 가능해?"

"그냥 마켓 책상 아무데나 자리 잡아서 누구나 팔면 되는 행사였거든요. 누구나 자신이 쓴 작품을 자유롭게 팔 수 있는 거지요."

"와, 완전 소설 시장이네!"

"이번에도 지우의 공이 엄청 컸어요. 넉살좋게 내 책 홍보를 정말 잘해 줬거든요. 난 지우가 새로 오픈한 가게 앞에서 마이크 잡고 홍보하는 언니인 줄 알았다니까요."

"음, 역시 다 내 덕이지!"

지우가 옆에서 의기양양하게 가슴을 내밀며 손바닥을 튕겼다.

"그래, 지우도 정말 수고했어."

엄마가 칭찬했다.

아빠는 샛별이 즐겁게 쓰는 글은 그저 습작에 불과하지만, 돈을 주고 책을 사고 싶을 만큼 읽고 싶어 하는 독자가 생기는 순간 부가가치를 만들어내는 상품이 된다고 하셨다.

"쉽지 않은 일이지만 앞으로 열심히 더 좋은 판타지소설을 써서 독자들을 즐겁고 행복하게 만들어 주렴. 그럼 혹시 알아, 샛별이 해리포터의 작가 조앤 롤링처럼 큰 부자가 될 수 있을지?"

흐뭇해하시는 아빠 옆에서 조용히 있던 지우가 아빠의 입을 막았다.

"욕심을 부린다고 부자가 되는 건 아니죠."

아빠는 지우를 보며 한마디 했다.

"그건 그렇지. 마음을 비우고 최선을 다할 때 더 좋은 결과가 나올 지도 모르지. 예를 들어 지우가 게임에서 아이템을 뽑는데 아이템을 계속 원하면 이상하게 좋은 아이템이 안 나오고, 마음을 비우고 마지막으로 한 번 뽑아 보았더니 정말 좋은 레어가 나오는 것처럼!"

지우의 표정이 갑자기 변했다.

"잠깐만, 내가 좋아하는 게임을 아빠가 어떻게……."

"아빠도 네가 하는 게임 좀 알지. 게임에도 아이템을 많이 모아야 부가가치가 생기고 게임부자가 되는 거잖아."

"오, 그건 그렇지. 근데, 아빠! 부가가치란 게 뭐예요?"

지우가 물었다. 샛별도 궁금했다.

"아, 부가가치란 말이지 '더 좋은 상품으로 만들기'라고 생각하면 돼. 예를 들어 여기에 사과가 있다고 생각해봐. 이 사과를 그냥 팔면 5백 원인데 깨끗이 씻어 봉지에 넣고 '바로 먹는 샛별이 사과'라는 브랜드를 붙여 팔면 천 원을 받을 수 있잖아. 혹은 깨끗한 사과를 믹서에 갈아 샛별 생과일주스를 만들면 2천원에도 팔 수 있고. 그럼 처음 5백 원짜리 사과에 5백 원 혹은 천5백 원의 부가가치가 만들어지는 거지. 자신의 재능이나 노력을 결합시켜 더 나은 상품으로 만들면 이런 부가가치가 생기고 그만큼 더 높은 이익을 창조할 수 있지. 부가가치를 잘 만드는 사람이 곧 부자가 된다는 말이기도 해. 음, 그러니까 아빠가 부가가치를 쉽게 설명하는 걸로 부가가치를 만들었으니 가르쳐 준 대가로 이건 내 돈."

아빠가 말이 끝나기 무섭게 잽싸게 샛별의 현금 봉투를 낚아 채갔다. 샛별의 눈이 금세 사나워졌다.

"아빠, 지금 뭐하세요?"

"자자, 진정하고. 이건 아빠가 좋은 데 투자해 부가가치를 만들어서 샛별에게 다시 되돌려주려고!"

"투자는 거절!"

샛별이 두 손을 모아 엑스 자를 만들었다.

"쳇. 짠순이."

아빠가 혀를 차면서 순순히 현금 봉투를 돌려주었다.

샛별이 중얼거렸다.

"커피 사 준다고 했잖아요."

가족들이 신나게 떠들고 이야기 하며 카페로 향했다. 카페로 가는 동안 아빠는 유명한 회사를 만든 최고경영자 CEO들의 이야기를 들려주셨다.

프레드 스미스라는 사람은 세계적인 택배회사인 페덱스의 사장이었다. 그는 예일대 학생일 때 창업 아이디어를 구상했다.

미국은 나라가 너무 넓어 물건 배송이 너무 느렸다. 어느 날 프레드 스미스는 '자전거 바퀴살'을 보고 좋은 생각이 떠올랐다. 중심에서 사방으로 뻗어 나가는 자전거 바퀴살 모양처럼 미국 전역 적당한 장소마다 물류허브를 만들어 놓으면 배송이 지금보다 몇 배는 더 빨라질 것이란 아이디어였다. 그는 졸업 후 정말 배송회사를 창업해 세계적인 기업으로 키웠다. 자전거 바퀴살이 세계적인 기업을 만드는데 영감을 주었던 것이다.

아빠는 산악자전거인 'MTB'의 이야기도 들려주셨다. 일본에는 세계 최대 자전거 부품업체인 '시마노'라는 기업이 있었다. 그 회사의 창업주 아들이자 해외영업 총괄 시마노 요시조는 늘 자전거에 관심을 갖고 있다가 우연히 샌프란시스코 북쪽에 있는 산에서 일반 자전거를 개조해 타고 노는 아이들을 보고 '산악용 전문자전거'에 대한 아이디어를 떠올렸다.

아빠는 유명한 창업자들은 모두 자신의 일에 관심과 호기심을 가지고 있었고 그 것 안에서 '자전거 바퀴살'이나 '개조한 자전거를 타고 산에서 노는 아이들'과 같은 어떤 것을 서로 연결하여 위대한 기업을 만들거나 키웠다고 하셨다.

"돈을 많이 번 사람이나 부자가 된 사람들은 모두 이런 똑같은 과정을 거쳐 특별한 부가가치를 만들어 낸 사람들이야. 사람들이 정말 바라는 것, 불편해 하는 것, 어려워하는 것, 하기 싫은 것, 더 큰 만족을 주는 것, 즐겁고 행복하게 만들어주는 것! 그런 것을 잘 관찰한 후 해결책을 찾아서 창업을 한 거지. 그러니까 샛별이나 지우도 커서 자신이 좋아하는 분야에 문제를 발견하여 새로운 부가

가치를 만든다면 훌륭한 CEO가 될 수 있어!"

가만히 듣던 엄마가 갑자기 박수를 치며 끼어들었다.

"지우는 커서 엄마 마당 딸린 2층 주택 사 준다는 약속 잊지 않았지?"

"응. 미래에 훌륭한 CEO가 되어 부자가 되면……."

지우는 씩 웃으며 아무렇지도 않게 대답했다.

엄마는 샛별과 지우의 머리를 쓰다듬으며 말했다.

"그래도 지금은 샛별이랑 지우가 직접 번 돈으로 커피를 얻어먹을 수 있어 이미 부자가 된 기분이야."

행복을 창조하는 방법

오늘은 집에서 닭고기파티가 있는 날. 가족들은 전기오븐을 가운데 두고 둘러앉아 직접 닭 조각을 굽고 있었다. 오븐 위 치킨조각이 노릇노릇해지는가 싶으면 경쟁하듯 잽싸게 낚아채 갔다. 이건 정말 치킨파티가 아니라 치킨 전쟁이었다.

샛별이 두 조각만 남은 치킨 날개를 빼앗길세라 단숨에 집어 들었다.

"지우야, 배 안 부르니?"

샛별이 물었다.

"이 정도 양에 내 배는 패배하지 않는다."

지우가 다시 치킨 조각을 집어 들고 입에 밀어 넣으면서 답했다.

샛별도 손에 쥔 치킨을 눈 깜짝할 사이에 다 먹어치웠다. 좀 매웠지만 콜라와 먹으니 그럭저럭 먹을 만했다.

"나도 마지막까지 결코 물러설 수 없지."

샛별이 오븐에 익은 치킨이 없다는 걸 발견하고 잽싸게 아빠의 비닐장갑을 낀 손에 든 치킨을 가로챘다.

"앗."

아빠가 깜짝 놀랐다. 샛별은 애교를 부리며 아빠에게 윙크를 날렸다.

"이제 이 치킨은 제 겁니다. 제 마음대로 할 수 있는 겁니다. 고로 먹는다."

샛별이 아빠에게 강탈한 치킨을 한 입에 넣었다. 치킨을 몇 번 씹던 샛별이 과장되게 감탄의 소리를 내뱉었다.

"우와, 정말 맛있어. 뺏어 먹으니 더 행복해."

허탈하게 웃고 난 후 아빠가 샛별을 째려봤다.

"행복이 뭐기에 볼 살이 탱탱 볼이 되도록 치킨을 마구 욱여넣을까?"

아빠는 샛별을 놀리듯 무뚝뚝하게 말했다.

"사람들은 누구나 행복을 추구하며 살잖아요. 도덕시간에 안 배웠어요?"

"배웠지. 인간은 누구나 행복하길 바라지."

그때 엄마가 치킨조각들을 능숙하게 집게로 뒤집으며 말했다.

"샛별은 먹을 때 제일 행복하지? 혹시 먹을 때 말고 어떨 때가 가장 행복해?"

샛별은 시원스럽게 답했다.

"뭐, 아무래도 글을 쓸 때!"

"그럼 가장 행복하지 않을 때는?"

"그것도 당연히 글을 쓸 때."

"글 쓸 때 행복과 불행을 동시에 느껴?"

"맞아. 그건 모든 소설가들이 아마도 공감할 걸. 글이 아주 잘 써지면 그 때의 난 자랑스럽고 뿌듯하고 행복해. 하지만 글이 막힐 때는 진짜 내가 싫어져. 내 글이 진짜 못나 보이거든."

엄마는 이해한다는 듯 고개를 끄덕였다. 샛별은 말을 이었다.

"독자들이 내 문체의 단점을 콕 집을 때는 관심을 주시는구나 싶어서 행복하긴 한데, 한 편으론 내가 글에 재능이 없는 걸까 두렵기도 하고 그래."

말을 듣고 있던 엄마가 고개를 가로 저었다.

"그건 샛별이나 소설가들뿐만 아니라 모든 사람들도 아마 그럴 거야."

아빠는 샛별을 보며 엄마의 말을 받았다.

"사람들은 누구나 소심하고 상처를 쉽게 받고 자신이 하는 일에 재능이 없다고 자책하곤 하지. 사실 아빠도 자주 그런 생각을 한단다."

아빠가 엄마의 눈치를 몇 번 살피더니 계속해서 말을 이었다.

"네 엄마가 만날 아빠더러 '찌질이'라고 놀리잖아. 그럴 때 아주 소심해지지. 하하."

"뭐, 엄마 말이 맞긴 하잖아요."

샛별의 말에 아빠가 발끈했다.

"샛별이 너까지 그렇게 말하면 나 정말 삐지지. 지금 너의 말이 아빠의 행복을 한순간에 빼앗아 간 거 알아?"

샛별이 어깨를 으쓱하는가 싶더니 콜라를 한 잔 마셨다.

"알았어요, 취소. 취소"

아빠의 삐친 표정이 풀어졌다.

아빠가 거의 다 구운 치킨을 몇 번 뒤집더니 하나를 집어 들어 양념에 찍었다.

"이제 방학도 끝나 가고 개학이 다가오는데 서운하지 않니?"

"방학이 끝나가니 좀 섭섭하긴 해요."

"시간이 금방 가지?"

"그래도 멋진 추억도 있었고 행복했던 적도 많았으니 괜찮아요."

"지난 방학동안 어떤 일이 제일 행복했어?"

샛별은 잠시 방학동안 있었던 여러 가지 일을 떠올려 보았다.

"음, 아무래도 영상물 예선 통과랑 판타지 소설 박람회에서 내 책이 전부 팔렸던 것, 아, 그리고 작가 교실에 붙었을 때도 정말 기분이 좋았어요."

아빠가 '행복이란 바로 그런 것'이라며 말씀하셨다.

"사람들은 누구나 행복해지고 싶다고 말하지만, 행복을 원한다고 결코 행복해지는 게 아니지. 우리가 스스로 원하는 것을 찾아 도전하고 더 나은 방법을 찾아 실행하고 힘들지만 어려움을 극복해 가면서 결과를 성취해 냈을 때 행복이란 감정이 찾아오는 거야."

샛별이 치킨을 물어뜯으며 아빠의 말에 대꾸했다.

"새로운 것에 도전하고 그것을 성취했을 때 행복감이 생긴다는 말씀이죠?"

"와, 방학이 되면서 샛별이 이상하게 똑똑해졌다는 이 묘한 기분, 이거 도대체 뭐지?"

아빠는 '샛별이 몸만 14살이고 정신은 애늙은이'라고 말했다.

"옛날부터 말하고 싶었는데, 애늙은이로 만들어 제 동심을 깨뜨린 건 다른 사람이 아니라 바로 아빠인 거 잘 아시죠?"

샛별과 아빠는 서로 눈을 찡긋 했다.

어느새 치킨이 바닥을 드러냈다. 가족들은 배를 서로 두들겨주며 행복한 표정으로 미소를 교환했다.

인공지능시대, 창조적인 진로설계

드디어 마지막 창의교실 수업이 찾아왔다. 강사님이 학생들에게 질문했다.

"여러분, 과연 미래는 어떤 모습일까요?"

"아마도 멋질 거예요."

"외계인과 인간이 함께 살 것 같아요."

"로봇들이 지배하는 세상이 될 것 같아요."

여기저기서 다양하고 재미있는 의견이 쏟아졌다.

강사님은 학생들이 이야기를 다 듣고 난 후 말씀하셨다.

"사실 아주 먼 미래는 저도 잘 몰라요. 왜냐하면 미래는 정해져 있는 게 아니라 지금 이 순간이 모여 미래가 만들어 지는 중이니까요. 하지만 분명한 건 우리나라가 점점 창의성이 필요한 선진국이 되고 인간의 수명이 100세 이상 늘어나면서 미래를 대비하고 준비해야 한다는 사실이에요."

강사님은 또 곧 다가올 미래는 인공지능(AI)이 로봇이나 제품 속에 들어가 인간을 도울 것이라고 했다. 하지만 마냥 좋은 면만 있지 않고 인공지능이 사람들의 직업을 빼앗아 갈 우려도 있다고 했다.

강사님은 그 예로 변화하는 직업의 미래지도에 대해 소개해 주셨다. 과거에 잘나갔는데 현재 사라졌거나 이제 거의 사라진 직업으로는 부조종사, 항법사, 무선통신사, 항공기관사 등을 꼽았다.

또 앞으로 사라질 수 있는 직업에는 콜센터 직원, 도서관 사서, 농업과 목축업 종사자, 자동차판매원, 호텔직원, 변호사, 일부 의사, 약사, 회계사, 세무사 등이라고 소개했다.

반대로 인공지능 시대라 해도 사라지지 않고 '살아남을 직업들(한국고용정보원) 베스트10'도 소개해 주셨다.

1위부터 10위까지 순서대로 화가 및 조각가, 사진작가 및 사진사, 작가 및 관련 전문가, 지휘자, 작곡가 및 연주가, 애니메이터 및 만화가, 무용가 및 안무가, 가수 및 성악가, 메이크업아티스트, 분장사, 공예원, 예능강사가 꼽혔다.

"우리는 미래 세상에 꼭 필요한 인재가 돼야 해요. 그러기 위해선 우리 앞에 놓인 두 갈래의 길에 대해 잘 이해하고 있어야 합니다. 하나의 길은 입시를 위해 열심히 암기하고 시험을 잘 보는 길이지요."

강사님은 칠판에 다음과 같은 표를 그려나갔다.

교과서암기 → 시험성적 중심 → 결과 관점 → 귀납적 사고 →
명문대 목표 → 대기업 취업 목표 → 문제해결 수행 → 기술자
→ 40대 퇴직시대 → AI시대 전문직, 의사, 변호사 전 방위 직업
해체 → 피동적인 사고방식 → 100세 시대 → 미래 불투명.

"또 하나의 다른 길은 스스로 창조적인 사고를 할 수 있는 창의
인재형의 길이지요."

강사님은 다시 한 번 칠판에 표를 그려나갔다.

창조적 사고력 → 주도적 의사결정(학력파괴) → 무에서 유를 창
조하는 전체과정 경험 → 연역적 사고 → 문제발견 → 구조화 능
력 → 미래예측력 → 정보의 통합연결 → AI시대 창의적 사고를
기반으로 한 직업과 기업 창조 → 평생 제1호 전문가 → 주도적
인 주인의식 → 100세 시대 → 미래창조.

"우리 청소년들은 지금 두 코스 중 하나 혹은 적어도 둘의 병행
을 선택해야 합니다."

강사님은 이제 미래는 점점 창의적인 사고가 중요해 지는 세상
이 될 것이며 결국 '창의인재'가 되는 것이 중요하다고 하셨다. 강

사님은 수업의 결론을 다음과 같이 정리했다.

"인공지능 시대에도 살아남을 직업들을 살펴보면 공통점이 있어요. 그건 바로 인간만이 할 수 있는 창의적인 예술이나 사고력이 필요한 직업이라는 점이에요. 미래 진로를 선택할 때 창의성이 필요한 문화·예술에 관련된 꿈을 키워간다면 미래 인공지능시대라도 로봇에게 일자리를 빼앗기지 않겠지요? 우리는 지금부터 미래를 상상하며 우리의 꿈을 설계해 나가야 합니다."

샛별은 앞으로 다가올 미래를 상상해 보았다. 최첨단 기술과 로봇, 슈퍼컴퓨터들이 만드는 편리한 세상에 대한 설렘도 있었지만 인간의 직업과 역할에 대한 불안과 걱정도 없지 않았다. 앞으로 10년 뒤, 20년 뒤 세상은 분명 지금과 달라져 있을 것이고 직업도 많이 변해 갈 것이다. 샛별은 서른 살쯤 작가가 돼 있을 자신을 생각했다.

방학 동안 진행된 창의수업을 마무리하면서 강사님은 첫 시간에 예고한 대로 크리에이티브 시상식을 열었다.

먼저 창의수업을 듣는 친구들 중 총 5팀이나 이번 학교 홍보영상 공모전 1차 예선을 통과했다고 강사님이 알려주셨다.

"방학 중인데도 창의교실에 나와 준 학생 여러분, 그동안 수업을 듣고 다양한 미션을 멋지게 해내느라 정말 수고하셨어요. 이번 학기 크리에이티브 상 수상자는 처음 한 명을 생각했지만 고민 끝에 두 명을 뽑기로 했습니다. 수상자는 바로 샛별 학생과 정아 학생입니다. 두 학생에게 축하의 박수를 보내주세요."

강사님은 상장과 함께 커다란 수제 초콜릿 세트를 상품으로 주셨다. 샛별과 정아도 서로에게 진심으로 축하해 주었다.

샛별은 방학동안 이것저것 도전했던 많은 일들이 생각났다. 사실 힘든 일도 많았지만 행복했고 짜릿한 기쁨의 순간도 많았다. 오늘도 그런 기분 좋은 날 중의 하루였다.

집에 돌아 온 샛별은 수업시간에 들은 미래 직업이야기를 크레아티오에게도 들려주었다. 그랬더니 크레아티오가 말했다.

"작가는 미래에도 먹고 살기 힘든 직업 중 하나인 건 사실이지만, 그래도 인공지능이 절대 빼앗지 못할 창의적인 직업 중 하나네요."

샛별은 사실 작가의 길을 간다는 게 그리 쉽지만은 않다는 걸 너무 잘 알고 있었다. 작가의 꿈을 꾸면서도 벌써부터 투 잡을 해야겠다고 마음을 먹을 정도니까. 그런 고민이 가득하던 차에, 강사님이 들려준 미래직업 이야기와 크레아티오가 준 용기의 말은 사실 큰 위로가 됐다.

크레아티오는 샛별이 받은 상장을 보며 말했다.

"샛별님은 다른 꿈도 있어요?"

"응. 작가 말고도 몇 가지가 더 있지. 싱어송라이터도 되고 싶고, 캘리그라퍼나 게임 제작자 같은 직업에도 관심이 많아. 사실 어렸을 때 꿈이었던 제과제빵사도 아직 포기하지 못했어. 또 심리상담

가나 국어 선생님도 해 보고 싶어. 되고 싶은 꿈은 아주 많지."

"오……작가 말고도 정말 다양한 꿈을 가지고 있네요."

"그래도 내겐 글 쓰는 게 가장 중요하지. 그러니까 사실 어떤 직업을 가지더라도 글은 평생 쓸 거란 생각을 하고 있거든. 딱히 전업 작가가 아니라도 글 쓰는 건 얼마든지 가능하잖아?"

샛별이 스마트 폰 메모 창에 다음과 같이 기록해 두었다.

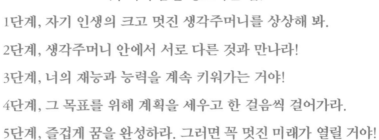

〈우리의 꿈을 창조하는 법〉

1단계, 자기 인생의 크고 멋진 생각주머니를 상상해 봐.

2단계, 생각주머니 안에서 서로 다른 것과 만나라!

3단계, 너의 재능과 능력을 계속 키워가는 거야!

4단계, 그 목표를 위해 계획을 세우고 한 걸음씩 걸어가라.

5단계, 즐겁게 꿈을 완성하라. 그러면 꼭 멋진 미래가 열릴 거야!

14살. 법적 성인이 되기까지 앞으로 6년. 그리고 다가올 20대. 그렇게 나이를 먹다 보면 어쩌면 꿈은 변할 것이다. 내가 뭘 잘하는지, 내가 뭘 좋아하는지, 내가 뭘 잘 할 수 있는지 아직은 전부 알지 못하지만, 급할 건 하나도 없다. 크면서 정말 생각지도 못한 일이 좋아지고 새로운 재능을 발견할 수도 있다. 하지만 꿈꾸는 일만은 멈추지 않겠다고 샛별은 다짐했다.

창조공식으로 떠나는 철학여행

"어떤 철학자는 보이지 않는 세계를, 어떤 철학자는 보이는 세상을, 어떤 철학자는 그 사이에 두근두근의 관계를 보려했습니다."

어디에서인가 나지막한 목소리가 들려왔다. 익숙하지는 않았지만 아주 낯설지도 않은 목소리였다.

흐릿한 시야 속에 눈을 뜨자 무언가 형체가 보였다. 검은 머리카락, 지우의 얼굴인가 싶었지만 얼굴이 선명하게 보이지는 않았다. 샛별은 두 손을 들어 눈을 비볐다. 흐릿했던 시야가 조금씩 트였다.

"철학자들은 모두 하늘의 창조원리를 찾으려 했던 사람들이었습니다."

목소리는 점점 선명해졌고 파란 불빛 사이로 조금씩 얼굴이 드러났다.

꿈의 전령, 테아트룸.

한 달 전 쯤 몇 번인가 반복해서 꿈에 등장했던 바로 그 아이. 분명했다.

"어쩐 일로 다시 나를 찾아왔나요?"

샛별의 질문에 답하지 않고 테아트룸은 자신이 하던 말을 계속 이어나갔다.

"고대 그리스 아테네의 철학자 소크라테스는 '보이는 세계의 자신의 생각'을 진리라고 믿는 소피스트들에게 '질문 공세'를 퍼부었습니다. 예를 들자면 이런 식이었지요."

소크라테스: 창의성이란 무엇인지 아는가?

트라시마코스: 다르게 생각하기지요.

소크라테스: 그럼 '다르게 생각한다'는 것은 무엇인지 아는가?

트라시마코스: 이전에 없는 생각을 하는 거지요.

소크라테스: 그렇다면 '이전에 없는 생각을 한다'는 것은 무엇인가?

트라시마코스: 아이처럼 기발하게 생각하는 것입니다.

소크라테스: 아이처럼 기발하게 생각하는 건 무엇인가?

트라시마코스: 모르겠습니다.

소크라테스: 그래. 자넨 그래도 낫네. 자네가 모른다는 것을 알고 있지 않은가?

샛별은 마치 그리스 아테네에서 소크라테스와 소피스트인 트라시마코스의 대화를 현장에서 직접 듣고 있는 듯한 착각에 빠졌다. 테아트룸은 가만히 자신의 가슴에 손을 올렸다.

"소크라테스의 질문에 대답하다보면 소피스트들은 스스로 자기모순에 빠져 자신의 무지를 깨닫게 되지요."

테아트룸은 소크라테스의 이런 대화법을 스스로 지혜를 낳지 못하지만 다른 사람의 지혜를 낳게 해주기에 '산파술'이라 부른다고 설명했다.

테아트룸은 이번에 손을 천천히 하늘로 올리며 말했다.

"소크라테스의 제자였던 플라톤은 '보이는 세계(현상)'을 지배하는 '보이지 않는 세계(본질)'이 있다고 믿었습니다. 플라톤은 이 보이지 않는 본질의 세계를 '이데아'라고 했지요. 플라톤은 또 국가론에서 본질을 통찰할 수 있는 철학하는 사람이 국가를 통치해야 한다는 '철인통치'를 주장했습니다."

테아트룸은 이번엔 손을 땅으로 향하며 말했다.

"플라톤의 제자 아리스토텔레스는 스승이 제시한 '이데아'의 개념을 좋아하지 않았습니다. 그는 철저한 현실적 논리주의자였기 때문입니다. 아리스토텔레스는 세상의 모든 것은 그 존재의 목적이 있다고 믿었고 거기에서 진리를 찾고자 했습니다. 아리스토텔레스는 인간의 존재목적을 '행복'에서 찾으려 했고, 사람이 행복해지기 위해서는 넘치지도 모자라지도 않는 두근두근 '중용(이성의 조화)'를 강조했습니다."

테아트룸은 이어 철학자 베이컨을 소개했다. 철저한 경험론자였던 베이컨은 '보이는 세계'를 통해서만이 진리의 세계를 확신할 수 있다고 믿었다. 그래서 그는 무엇이든 직접 경험해 봐야 진실을 알 수 있다고 주장했다.

"보이지 않는 '이데아' 같은 세계는 무수한 편견(종족의 우상, 동굴의 우상, 시장의 우상, 극장의 우상)이 작동하기 때문에 하나하나 몸으로 직접 경험하여 진리에 도달할 수 있다고 베이컨은 생각했지요."

테아트룸은 이제 철학자 데카르트에 대한 이야기를 시작했다.
"데카르트는 베이컨의 경험주의를 부정하며 자신의 경험만으로 진리에 결코 다가설 수 없다고 생각했습니다. 보이지 않는 본질을 깨달아야 하며 진리에 다가서기 위해 끊임없이 자신의 생각을 의심해야 한다고 주장했습니다. '나는 생각(의심)한다. 고로 존재한다'는 데카르트의 말에는 '세상의 진리를 알기 힘들지만 본질을 찾기 위해 의심하는 나는 의심할 수 없다'는 의미가 담겨있습니다."

소피스트들의 화려한 말솜씨에 진리가 없음을 스스로 깨닫게 만든 소크라테스, 이데아라는 보이지 않는 본질을 탐구하려 했던 플라톤, 현실의 관점에서 논리적인 사고와 이성의 조화를 추구했던 아리스토텔레스, 오직 자신이 보고 체험한 경험만을 믿었던 베이컨, 의심하는 끊임없는 생각을 통해 보이지 않는 진리의 근원을 치열하게 찾아내려 했던 데카르트.

샛별은 책을 통해 들어본 철학자들을 한 명씩 떠올렸다. 하지만 그들이 그토록 찾으려 했던 철학의 비밀이나 진리에 대해 생각해 본 적은 없었다.

"철학자들이 수천 년간 그토록 치열하게 찾으려 했던 것은 과연 무엇이었을까?"

샛별은 더욱 더 궁금증이 일었다. 그 때 테아트룸은 샛별에게 한 걸음 더 다가왔다. 그리고는 자신의 가슴에 걸려 있던 파란 보석구슬을 샛별에게 건네주었다. 샛별은 유난히 반짝이는 그 구슬을 받아들었다. 샛별은 구슬을 자세히 들여다보았다. 구슬에는 샛별에게도 익숙한 알파벳이 선명하게 새겨져 있었다.

$$Xy^n = ab$$

샛별은 문득 아기 창조 과정 속에 고대철학자들이 있고, 근대 철학자들이 있다는 생각이 들었다.

"창조의 비밀을 알기 위해?"

샛별은 그렇게 중얼거렸다.

테아트룸은 알 듯 말 듯 묘한 미소를 지었다. 그리곤 샛별에게 "만남을 위해, 이별을 위해"라는 말을 남기고 조금씩 멀어져 갔다. 어느새 샛별의 손에 들고 있던 파란 구슬의 불빛이 조금씩 잦아들더니 조금씩 컴퓨터 모니터의 파란 불빛으로 변하기 시작했다.

샛별은 벌떡 잠에서 깼다. 아침 햇살이 창을 타고 환하게 방안으로 들어오고 있었다.

"아, 꿈이었구나."

샛별은 테아트룸이 왜 다시 찾아 왔는지 알 것 같았다. 그건 아마도 이별, 화해, 미션 그리고 또 다른 만남에 관한 여러 가지 메시지를 전하기 위함이었으리라.

이상하고 판타지스런 샛별의 창의성 여행은 이상한 나라에서 온 신비로운 요정 크레아티오를 만나면서 시작되었다. 그리고 그 신비로운 여행은 이제 종착역을 향하고 있다는 사실을 샛별은 예감하고 있었다.

만남이 운명을 바꾼다

테아트룸이 꿈속에서 사라진지 얼마 지나자 샛별의 스마트 폰에 톡 하나가 들어왔다.

정아의 메시지였다.

샛별, 이제야 고백하려 해. 예전 일부러 친구들 앞에서 별명 부르고 놀린 거 진심으로 사과할게.

우리 심하게 다툰 날 사실은 네가 점점 멀어지는 것 같아 너무 속상했었거든. 난 글을 잘 못 쓰는데 넌 점점 판타지 소설을 쓴다고 나를 봐주지 않았어.

어느 때부터 아침부터 쉬는 시간, 학교가 끝나는 내내 넌 항상 글만 쓰기 시작했잖아. 내가 가장 좋아하는 친구를 소설에 완전히 빼앗긴 것 같은 기분이 들더라고. 어느 순간 질투심이 생겼지. 혹시나 별명이라도 부르면서 놀리면 다시 이야기를 할 수 있고 그러다 보면 너랑 같이 놀 수 있을까 하는 생각이었는데 그만 우리의 사이가 멀어지게 되더라고.

그 후로 내가 사과할 기회를 놓쳐 버린 거야. 어떻게 다시 말을 걸어야 할 지 몰라 또 별명을 부르게 되었고. 샛별! 사실 난 지금까지 너를 한 번도 싫어한 적이 없었어.

샛별은 정아의 문자를 몇 번이고 읽고 또 읽었다. 다투고 미워하고 속상했던 그 때의 기억이 어제 일처럼 생생하게 떠올랐다.

아, 정아의 마음이 그랬구나. 샛별은 그것도 모르고 갑자기 정아가 이상하게 돌변했다고 생각했었다. 문자를 보니 이제야 그 때 정아의 마음을 조금은 이해할 수 있을 것 같았다.

샛별은 정아에게 맛있는 떡볶이를 쏘겠다고 톡을 보냈다.

👧 내일 떡볶이 먹은 후 함께 최종 편집 작업하는 거 어때?
👧 좋아!

다음 날, 정아와 함께 한참이나 떡볶이를 먹으며 수다를 떨었다. 학교홍보 영상공모전의 최종 편집 작업은 장장 6시간이나 걸렸다. 이제 정아와 함께 있는 시간이 싫거나 어색하지 않았다. 다시 예전

처럼 편하고 친한 친구 사이가 됐다.

샛별과 정아는 영상편집을 마친 후 도움을 준 사람들에게 일일이 감사의 문자를 보냈다. 사실 영상이 만들어지기까지 정말 많은 친구들의 도움이 있었다.

영상에 직접 출연한 사람들은 민진, 미영이와 도서부원들, 지우, 반 친구 등 총 20명이 넘을 정도였다. 그들이 '우리 학교 골든 벨을 울려라!' 형식으로 참여해 실제로 '우리 학교 알기 퀴즈대결'을 펼치며 정말 신나게 촬영했다.

샛별이 직접 사회자가 되어 학교의 숨은 매력과 장점을 찾는 퀴즈쇼로 진행했다. 그랬더니 우리 학교를 보다 잘 이해할 수 있는 영상에 스릴감과 재미까지 더해졌다.

특히 영상스토리에 경쾌하고 발랄한 배경음악을 깔았더니 조화가 잘 이루어졌다. 음악은 퀴즈쇼의 분위기를 한껏 고조시켰다. 음악은 샛별이 직접 컴퓨터로 작곡했다.

완성작품을 출품한 후 정아와 샛별은 약속했다. 수상이 되든 아니든 최선의 노력을 다했으니 후회는 말자고.

한바탕 전쟁을 치르고 난 뒤처럼 정신없는 하루 보내고 나자 밤은 깊었고 고요함은 더했다. 샛별은 엉덩이를 빼 책상 의자에 편하게 앉았다.

이런 저런 생각을 하던 샛별은 책상 위에 있는 크레아티오의 노트를 앞으로 끌어 당겼다. 표지에는 여전히 알파벳 기호가 선명하게 새겨져 있었다.

지금까지 크레아티오는 표지 기호에 대해 말을 꺼 낸 적이 없었다. 샛별 역시 크레아티오에게 한 번도 물어본 적이 없었다. 샛별은 직감적으로 알고 있었다. 그 기호는 샛별 스스로 풀어야 할 마지막 숙제라는 걸.

크레아티오는 침대 위에 누워 뭔가를 쓰고 있었다. 때때로 아무 말 없이 천장을 보며 깊은 생각에 잠기기도 했다.

크레아티오와는 벌써 한 달을 함께 보냈다. 어떤 날은 예쁜 여동생이었다가 또 어떤 날은 신비로운 천사였다. 또 어떤 날은 창조의 원리를 가르쳐준 훌륭한 선생님이기도 했다.

샛별은 창조공식이 적힌 노트의 첫 장부터 한 페이지씩 넘기며 내용을 훑어보았다. 지난 한달 간 이 노트 속 한 줄 한 줄이 샛별을 울고 웃고 도전하고 좌절하고 희망을 품게 만들었다.

샛별은 노트에서 잠시 눈을 떼고 우연과 만남에 대해 생각해보았다.

크레아티오는 우연히 나를 찾아왔을까? 정아랑 한 팀이 되고 다시 친구가 된 건 정말 우연이었을까? 미영이와 도서부원들은 우연히 우리 작품제작에 배우들로 참여했을까? 어쩌면 그렇지 않았을 것이다. 오히려 필연이라고 샛별은 믿고 싶었다.

'함께 꿈을 꾼다면 우연은 필연이 되는 거야!'

샛별은 그렇게 생각하기로 했다. 스마트 폰 메모 창을 연 샛별은 그동안 크레아티오와 함께 나누었던 이야기를 떠올리며 다음과 같이 적어 내려갔다.

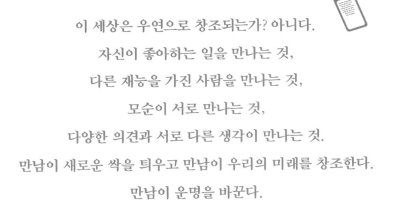

이 세상은 우연으로 창조되는가? 아니다.
자신이 좋아하는 일을 만나는 것,
다른 재능을 가진 사람을 만나는 것,
모순이 서로 만나는 것,
다양한 의견과 서로 다른 생각이 만나는 것.
만남이 새로운 싹을 틔우고 만남이 우리의 미래를 창조한다.
만남이 운명을 바꾼다.

샛별은 한 달 전 자신과 비교해 분명 많이 달라져 있다는 걸 느꼈다. 그것은 수많은 만남이 있었기 때문이었다.

생각의 비밀을 풀다

　개학이 코앞으로 다가왔기 때문에 저녁엔 방학 과제물을 하나씩 체크하며 마무리했다. 작가교실 선생님이 요청한 글짓기 공모전의 작품도 출품을 마쳤다. 주제는 '물'이었다. 샛별은 물의 요정이 생명과 물을 연결시켜 인간을 창조하는 판타지 이야기로 글을 썼다.

　샛별이 새로 연재를 시작한 장편 판타지 소설의 구독자 수가 하루가 다르게 늘고 있었다. 독자들의 반응도 아주 좋았다.

"판타지와 지식정보가 결합되어 재미있고 독특해요."

"다음 장도 빨리 써 주세요."

"친구에게도 추천했어요."

"창조의 공식이 흥미롭네요."

이런 댓글을 하나하나 읽으면서 샛별은 감미로운 꿈을 꾸는 듯 기뻤다. 자신의 글이 누군가에게 사랑받는다는 것은 곧 자신이 사랑받는 거나 다를 바 없었다. 동시에 크레아티오가 사랑받는다는 이야기이기도 했다.

샛별은 크레아티오와의 만남이 판타지 소설로 이어지고 판타지 소설은 다시 독자와 연결된다는 사실이 흥미로웠다.

오늘 분량의 연재를 마무리하고 시간을 확인하자 벌써 자정이 가까워졌다. 컴퓨터를 끄고 옆에 두었던 크레아티오의 노트도 덮었다. 그 순간 샛별의 머릿속에 어떤 이미지 하나가 번쩍 하고 떠올랐다. 그것은 쇠사슬의 연결고리 모양이었다.

샛별은 가만히 스마트 폰을 켠 후 그동안 메모해 두었던 내용과 판타지 소설을 쓰면서 머릿속에 떠돌아 다녔던 조각조각들의 이미지를 하나로 연결시켜 보았다.

샛별은 노트를 다시 열어 마지막 페이지를 찾아 펼쳤다. 그곳은 여전히 새하얀 백지로 남아있었다. 샛별은 한 참 더 그 백지 페이지를 바라보았다. 잠시 후 샛별은 표지에 있는 알파벳 기호를 그대로 적었다.

$$Xy^n=ab$$

그리고 샛별은 아랫부분에 다음과 같은 내용을 채워나가기 시작했다.

세상 모든 것의 창조 공식

〈눈에 보이지 않는 부분〉

① 자궁: 아기집인 자궁과 같은 미지의 생각주머니.

② 난자와 정자: 그 생각주머니 안으로 서로 다른 것이 만나 두근두근 연결.

③ 착상: 하나의 새로운 싹으로 결합.

〈눈에 보이는 부분〉

④ 열 달: 형태를 갖추기까지 쑥쑥 성장하고 노력하고 발전하고 자람.

⑤ 아기탄생: 세상에 창조.

생각주머니$(X) \to$ 두근두근 만남$(y^n) \to$ 새싹$(=) \to$ 쑥쑥$(a) \to$ 창조(b)

샛별은 이렇게 정리해 놓고 보니 노트 표지의 이상한 기호가 무엇을 말하려고 하는지 선명하게 이해할 수 있었다.

세상만사 세상만물은 생각주머니$(X) \to$ 두근두근 만남$(y^n) \to$ 하나$(=) \to$ 발전$(a) \to$ 창조(b)의 과정을 거쳐 창조된다는 암호였다. 그것은 창조의 패턴이요, 생각의 공식이자 세상 모든 것의 존재 과정이었다.

그 간단한 기호 속에는 지난 한 달간 크레아티오와 나눈 많은 이야기와 세상의 비밀이 숨어 있었다. 아니 펄떡펄떡 여전히 살아 숨 쉬고 있었다.

"진정한 창의성이란 이 간단한 생각의 공식을 이해하는 거였어!"

이 기호에 숨어있는 비밀이 세상의 모든 것을 창조하는 원리라는 사실을 이해하게 되자 샛별은 신의 마음을 알게 된 듯한 짜릿한 전율을 느꼈다.

샛별은 노트를 덮었다. 그리고 침대 위에서 잠자는 크레아티오의 옆에 살며시 누웠다. 그리고 이마에 입맞춤했다.

잘 자, 나의 크레아티오!

민들레 생각 홀씨가 되어

개학날 아침, 평소부터 일찍 깬 샛별은 책상 위에 둔 크레아티오
의 노트 대신 라일락 향기가 나는 꽃 편지를 발견했다. 크레아티오
의 모습은 보이지 않았다.

예상한 일이었다. 샛별은 숨을 깊이 들이 마셨다. 편지는 이렇게
시작했다.

이제 하늘 신전으로 떠날 시간.
샛별님이 완성한 노트를 가지고
하늘나라 창조의 여신이 되어 샛별님과 함께
세상을 창조해 나갈 거예요.

252

샛별님은 세상의 창조 원리를
더 많은 사람들이 알려주어 온 세상 사람들이
진정한 창의성의 비밀을 알 수 있도록 해주세요.

나와 샛별님은 하늘의 자물쇠와 세상의 열쇠.
우리의 만남은 비로소 하나가 되는 것!
그래서 판타지.
이 판타지가 널리 퍼진다면 인류의 생각수준은
한 차원 더 높아 질 수 있을 거예요.

하늘과 땅의 연결
신과 인간의 연결
우린 항상 연결돼 있어요.

언젠가 신과 인간은 구분이 없이 하나가 되는 그날.
나와 샛별님은 다시 만날 운명,
그리고 그것은 더 멋진 판타지.

그 옛날 아버지 프로메테우스가 그랬듯
저 또한 인간에게 하늘의 도구를 줄 수 있어서 너무 행복해요.

샛별님, 당신을 지켜볼게요!
샛별님도 나를 영원히 기억해주세요.

부디. 안녕…….
나의 영원한 샛별!

편지를 다 읽자 어느새 라일락 향기가 되어 사라졌다. 이제 신비로운 소녀 크레아티오도, 이상한 노트도, 꽃향기의 편지도 없었다.

정말 꿈같은 한 달이었다.

크레아티오, 나도 널 잊지 않을게. 우리의 판타지스런 만남과 신비로운 이야기는 민들레 생각 홀씨가 되어 세상에 퍼져나갈 거야.

샛별은 학교 가는 길에 하늘에서 빛나는 커다란 무지개를 한참이나 바라보았다. 그리고 이렇게 조용히 속삭였다.

"언제나 나와 함께 있어줘,
창조의 신, 나의 크레아티오!"

이동조 창의성 감사와 함께 하는
10대와 학부모를 위한 창의인재 크레뷰(Creview) 특감

쉽고 간단한 생각공식 '창의방정식 크레뷰 스킬'을 알면?
1) 핵심원인을 분석하는 능력이 탁월해져요.
2) 예측력이 강해집니다.
3) 문제해결력이 높아져요
4) 아이디어발상 능력이 생기며 모든 분야에서 새로운 창조를 보다 쉽게 할 수 있지요.
5) 즉각 다양한 관점의 디자이너가 될 수 있어요.
6) 세상의 창조원리를 이해하는 통찰력이 생겨요.
7) 자존감이 높아지고 창조적인 마인드를 얻게 되어 주도적인 사고를 할 수 있어요.
8) 인생 매순간 목표에 대한 성공확률을 획기적으로 높일 수 있답니다.

1막. 창의성에 대한 놀라운 비밀 찾기 여행
  - 인공지능 시대와 창의인재의 길
  - 진짜 창의성이란 무엇인가?
  - 문제발견, 핵심파악, 문제해결의 비밀
  - 생각의 힘을 키워주는 간단한 생각 공식
  - 잡스의 스마트폰과 첸의 유튜브 창조 생각패턴!

2막. 단숨에 생각천재가 되는 법
  - 퀴즈로 통찰하는 6가지 창조적 관점 디자인
  - 퀴즈로 터득하는 창의적인 아이디어 발상법
  - 퀴즈로 단숨에 마스터하는 문제해결력
  - 퀴즈로 풀어보는 대기업 창의성 면접

3막. 창의인재들의 창조적인 미래 설계 실전 맵 그리기 발표
  - 미래 전망과 창조적인 직업 설계 체크포인트
  - 전문가가 되는 꿈 주머니 만드는 요령
  - 꿈을 이루는 끼와 재능 두근두근 설계하기
  - 실전 창의방정식 크레뷰 기술 '미래설계 맵 그리기' 발표

● 강연문의 : 이동조 아이디어코리아 대표 010-4248-8178 / glijjang21@naver.com

인공지능시대 창의성 비밀코드

초판 1쇄 2017년 5월 15일 발행

지은이 ㅣ 이서정, 이동조

기획 및 편집 ㅣ 유덕열, 박세희

펴낸곳 ㅣ 한결하늘
펴낸이 ㅣ 유덕열
출판등록 ㅣ 제2015-000012호
주소 ㅣ 경기도 안산시 단원구 선삼로4길 11 (101호)
전화 ㅣ (031) 8044-2869   **팩스** ㅣ (031) 8084-2860
이메일 ㅣ ydyull@hanmail.net

ISBN 979-11-955457-8-0 43810

이 도서의 국립중앙도서관 출판예정도서목록(CIP)은 서지정보유통지원시스템 홈페이지
(http://seoji.nl.go.kr)와 국가자료공동목록시스템(http://www.nl.go.kr/kolisnet)에서
이용하실 수 있습니다.(CIP제어번호: CIP2017010809)